最后一课
都德小说精选

[法] 都德 著　李玉民 袁俊生 译

中国友谊出版公司

图书在版编目（CIP）数据

最后一课 /（法）都德（Daudet,A.）著；李玉民，
袁俊生译. — 北京：中国友谊出版公司，2013.1（2021.11重印）
ISBN 978-7-5057-3155-4

Ⅰ.①最… Ⅱ.①都… ②李… ③袁… Ⅲ.①短篇小
说-小说集-法国-近代 Ⅳ.①I565.44

中国版本图书馆CIP数据核字(2012)第306720号

书名	最后一课
作者	[法]都德
译者	李玉民　袁俊生
出版	中国友谊出版公司
发行	中国友谊出版公司
经销	新华书店
印刷	唐山富达印务有限公司
规格	889×1194毫米　32开
	6.5印张　136千字
版次	2013年7月第1版
印次	2021年11月第2次印刷
书号	ISBN 978-7-5057-3155-4
定价	49.80元
地址	北京市朝阳区西坝河南里17号楼
邮编	100028
电话	(010) 64678009

版权所有，翻版必究

版权所有，翻版必究
如发现印装质量问题，可联系调换
电话　(010) 59799930-601

阿尔封斯·都德

(Alphonse Daudet, 1840—1897)

法国19世纪著名的现实主义作家,被誉为"法国的狄更斯"。

目录 CONTENTS

星期一故事集

译者序	1
最后一课	3
柏林之围	8
一局台球	16
小间谍	21
布吉瓦尔的座钟	29
公社的阿尔及利亚步兵	35
拉雪兹神父公墓战役	40
小馅饼	44
圣诞故事	49
教皇死了	54
红山鹑的感愤	59

磨坊信札

初入磨坊	67
波凯尔的驿车	70
高尔尼师傅的秘密	75
教皇的骡子	81
桑吉奈尔的灯塔	91
"塞米扬特"号沉船始末	97
海关职员	104
散文诗	109
毕克休的皮包	116
金脑人的传说	122
诗人米斯特拉尔	126
三遍小弥撒	133
橙 子	142
两家小旅店	146
在米里亚纳	151
蝗 虫	163
戈谢神父的药酒	168
在卡马尔格	179
怀念军营	190

译者序

西方音乐有大调小调之分，如 C 大调，e 小调等；又有升调降调之别，如升 C 大调，降 e 小调等。我阅读和翻译法国文学作品，也觉得有大小调、升降调的差异。

接触雨果、巴尔扎克的作品，往往联系到大调、升调。他们的大脑酝酿的是大构思、大蓝图，写的是大主题、大场面、大善大恶，可以说调门大、手笔大、制作也大，无所不大，总之长篇巨制，要让人读了能产生大彻大悟的效果。

然而，阅读和翻译都德、莫泊桑的小说，就怎么也无法同大调升调联系起来，觉得不是降 e 小调，就是降 a 小调，什么《小东西》《小间谍》《小馅饼》……总之写的是小事、小场面，搞的是小玩意儿、小制作，大多篇幅短小。如果说雨果、巴尔扎克所搭的是天地人间的大戏台，那么都德就像在集市上圈场子耍小把戏的了。

都德本人就这样写道：

"'我真高兴……'这句话，老实厚道的里斯勒今天不知说过多少遍了。他说得总是那么动情，那么温和，那么缓慢，那么深沉。他压低嗓门，不敢大声说话，唯恐乐极生悲，突然失声哭出来。"

《一个女人的沉沦》开篇这段话，虽然讲的不是他的写作风格，但是可以借用来标明都德讲故事的主要特点：低调、温和、舒缓、动情和深沉。这些也构成了都德小说的独特魅力——大题小做的魅力。

大题小做的魅力,就是以小制作表现大主题所具有的艺术魅力。这便是为什么都德能以小见长、跻身名家之列的奥秘。小制作表现大主题虽非都德专有,但是他精于此道,乐此不疲,创作出《最后一课》《柏林之围》《一局台球》《塞甘先生的山羊》等一些脍炙人口的精品。

普法战争,不能说不是大题目;丧权辱国,阿尔萨斯和洛林两省割让给普鲁士,不能说不是大题目;法国人的爱国主义,不能说不是大题目,然而,都德偏偏采用低调,进行小制作,选取课堂、病床、台球室这样的小场景。《最后一课》就是小场景表现大主题的一个典型范例。在普法战争中,法国惨败,东部的阿尔萨斯和洛林两省,随即沦为异族的统治。这种悲剧所激发的两省人民的爱国情绪,既不是以大抗议大示威高呼口号怒吼出来的,也不是枪对枪炮对炮用枪炮声所宣告的,而是通过小学校的一堂法文课来表达的。

一堂法文课再普通不过,但这是最后一课。小学教师阿梅尔是再普通不过的教师,小学生弗朗兹是再普通不过的学童,欧译尔老爷爷也是再普通不过的文盲村民,等等,这些极普通的人在极普通的小学校上最后一堂法文课,就极不普通了。只因这些普通的自然感情聚在一起,生发出来一种伟大而高尚的情感——爱国精神。

文学作品表现爱国精神,大多是激昂的:在祖国的危难关头,血性男儿抛头颅洒热血,为国捐躯,何等激昂壮烈!然而,像弗朗兹这样懵懂无知的学童,像欧译尔这样操劳一生的农民,像阿梅尔这样默默无闻的小学教师,都是普通老百姓,他们的爱国情感平常并不挂在口头上,而是深藏在内心,因为这种情况是与生俱来的,不是由宣传灌输到头脑中的。

都德善于发掘这种内心的爱国情感,而且在他的笔下,这种情感也不是以英雄行为,而是以普通人直觉的行为表现出来;表现出来的更不是激昂悲壮,而是深沉厚重。这是沉甸甸的民心,这就是一切侵略者、统治者、无道者、不义者既惧怕又渴望得到的民心。

都德着重描写的不是英雄形象,而是普通人,不过,体现出来的是同样伟大的高尚情感。试看文盲老农欧译尔,一辈子不肯学习,却来听这最后一堂法文课,拿着识字课本像小学生一样认真拼读;再试看普通小学教员阿梅尔,多少年循规蹈矩的教书,同数以万计的小学教师并无差异,可是在接到占领军不准在学校再教法文的命令之后,就穿上节日礼服,勇敢地上完他精心准备的最后一课,听到下课的钟声,他语不成句,拿起粉笔用全力写下:"法兰西万岁";这二人平凡的举动所产生的震撼力,不亚于同敌人拼死搏斗的英雄行为。尤其对懵懂无知的学童弗朗兹的启蒙教育,更是多少套大理论所不及的。

以小制作表现大主题的艺术效果,就有这种启蒙的震撼力,即一种感人至深的、激人猛醒的力量。小弗朗兹上这一堂课,仿佛一下子懂事儿了,所受的教育,恐怕是他终生难忘的。

启蒙读物,往往是以小见大的佳作;启蒙读物的作家,往往是写小东西的大师。记得1992年我访问法国期间,曾问已有十年交情的法国朋友夏尔·撒吉先生,他最喜欢哪一位作家?他不假思索就回答:都德。我问他为什么,他又当即回答:都德是一位大师,上学时念他的作品至今不忘。当时我认为这不是文学意义上的讨论,也就没有继续下去。现在想来,撒吉先生对都德的评价,一定是指启蒙意义上的大师。

我在北大西语系念书进入三年级时,就开始读浅显易懂的都德、莫泊桑等人的原作,留下印象最深刻的还是《小东西》和《最后一课》。《最后一课》不仅是法国小学的启蒙读物，也是外国人学习法语的启蒙读物。我翻译《最后一课》，再联想大学读书时所留下的印象，就容易理解为什么夏尔·撒吉先生称都德为大师了。启蒙读物对人的成长的影响，往往延续一生。善良等美德，正因为通过启蒙读物播到少年儿童的心中，人类才能从历次灭顶之灾里浮出，得以继续繁衍生存。

夏尔·撒吉先生就体现了都德小说中人物的美满，难怪他最喜爱都德的作品。他性格开朗，善气迎人，热心帮助别人，交了许多朋友。我是他在中国的第一号朋友，可谓忘年交。他多次来中国旅行，我多次去法国讲学访问，频繁相见，情谊甚笃。只可惜近年来他身体欠佳，欲来中国而未成行。而我教学和译事繁忙，再次赴法的计划一再推迟。今年10月初，我还打电话给撒吉先生，让他等着我，见面再谈谈我译都德小说的体会。不料一个月后，突然接到巴黎友人电话，告知我们的朋友撒吉先生病故，我们在电话两端不禁失声……

一个好人走了，同他讨论都德的小说已成不了心愿，只能在译者序言中略寄我的哀思。

李玉民

星期一故事集

/ 李玉民 译

最后一课

那天早晨,我很晚才去上学,心里非常害怕受训斥,尤其是阿梅尔先生向我们布置过,要提问分词,而我一个也没有背出来。一时间,我产生个念头,干脆逃学,跑到田野去玩玩。

天气多么温暖,多么晴朗!

听得见乌鸫在树林边上啼叫,普鲁士人在锯木场后面的里佩尔牧场上操练。这一切对我的诱惑,要比分词的规则大得多,不过,我还是顶住了,加速朝学校跑去。

经过村政府时,我看见小布告栏前站了许多人。这两年来,所有坏消息,什么吃败仗啦,征用物产啦,以及占领军指挥部发布的命令啦,我们都是从小布告栏上看到的。我脚步未停,心里却想:"又出什么事儿啦?"

我正要跑过广场时,和徒弟一起看布告的铁匠瓦什特却冲我喊道:

"不要那么着急嘛,小家伙,慢点儿上学也来得及!"

我只当他是嘲笑我,还照样跑得上气不接下气,进了阿梅尔先生的小课堂。

往常刚一上课,教室里总响成一片:掀开再盖上课桌的声响,学生捂住耳朵一齐高声背诵课文的声音,以及老师的大戒尺敲在课桌上的响声,街上都听得见。老师敲着课桌说道:

"静一静！"

我本来打算趁着这纷乱的时候，溜到自己的座位上，谁知这天偏偏一片肃静，好似星期天的早晨。我从敞开的窗户瞧见，同学们都已经坐好，阿梅尔先生走来走去，腋下夹着那把可怕的铁戒尺。在一片肃静中，我不得不推开门，走进教室，想想看，我该多么脸红，多么害怕！

嘿！还真没有料到。阿梅尔先生注视着我，并没有生气，而是非常和蔼地对我说：

"到你座位上去吧，我的小弗朗兹。我们不等你就要上课了。"

我立刻跨上座椅，坐到自己的座位上。这时我才惊魂稍定，注意到我们老师穿着他那件漂亮的绿礼服，领口套着精美的襟饰，还戴上那顶绣花黑绸小圆帽，而只有在学校来人视察或发奖时，他才是这套打扮。此外，整个课堂也显得异乎寻常，有点儿庄严肃穆。我最惊讶的是，看到教室后面那排平时空着的座椅，竟然坐着和我们一样安静的村民，有头戴三角帽的欧译尔老爷爷、前任村长、退休的邮递员，还有其他一些人。他们表情都很忧伤。欧译尔老爷爷还带来毛了边的旧识字课本，摊在膝上，他那副大眼镜则横放在上面。

我对周围这一切正惊讶不已，阿梅尔先生已经上了讲台，他对我们讲话，还是刚才见我时的那种和蔼而严肃的声音：

"我的孩子们，这是我最后一次给你们上课了。柏林方面来了命令，阿尔萨斯和洛林①的学校，只准教德语了……新老师明天就来。今天，这是你们最后一堂法语课，请你们注意听讲。"

---

① 阿尔萨斯和洛林：法国东北与德国接壤的两个省，1871年普法战争后割让给普鲁士，第一次世界大战后收回。

这几句话一下子把我的心搅乱了。哼！这些坏蛋，他们在村政府张贴的布告，原来就是这个消息。

我的最后一堂法语课！

我还不怎么会写字呢！以后再也学不到啦！学这点儿就算完啦！……现在，我真怨自己白浪费了时间，怨自己逃学去掏鸟窝，去萨尔河溜冰！我的课本，刚才背在身上还特别讨厌，还嫌太沉，现在反而觉得，我的语法课本、神圣的历史课本，就跟老朋友似的，要离开心里还真难受。阿梅尔先生也一样。一想到他要离去，再也见不到了，我就把受到的惩罚、挨的戒尺打忘得精光。

可怜的人！

他换上节日的盛装，就是要郑重地上完最后一堂课。现在我也明白了，为什么村里这些老人都坐到教室后面。这似乎表明他们后悔没有常来听课，同时以这种方式感谢我们老师四十年的杰出工作，并向离去的祖国表示敬意。

我正想到这里，忽听叫我的名字。该我背诵了。这些分词的重要规则，我若是能够高声地、清晰地、一点儿不差全背诵出来，付出什么代价我还能不肯呢？可是，我刚说一两个词就乱套了，站在座位上摇晃着身子。

"我不责备你，我的小弗朗兹，你一定受够了惩罚……事情就是这样。我们每天都这样想：'算了吧！时间多着呢……明天我再学吧。'这不，你看到发生了什么情况……我们的阿尔萨斯最大的不幸，就是总把教育推到明天，现在，那些人就有权对我们说：'怎么！你们还敢说自己是法国人，你们连自己的语言都看不懂，也不会写！'我可怜的弗朗兹，我所说的这些，罪过最大的还不是你。我们所有的人都应当大大地责备自己。

"你们父母没有很好督促你们学习。他们还是愿意打发你们下地,或者到纱厂去干活,好挣几个钱。我本人呢,就一点儿也没有该自责的吗?我不也是时常让你们给我的花园浇水,耽误你们学习吗?我要去钓鳟鱼的时候,不是也随便放你们假吗?……"

阿梅尔先生从一件事谈到另一件事,又开始给我们讲解法语,他说,这是世界上最优美、最清晰、最过硬的语言,必须在我们中间保存下去,永远也不要遗忘。要知道,一个民族沦为奴隶,只要牢牢掌握自己的语言,就等于掌握打开监狱的钥匙……接着,他拿起一本语法书,给我们朗读课文。我真奇怪,发现自己一听就明白,觉得他讲的一切很容易,很容易理解。我也认为自己从来没有这样用心听讲,他也从来没有这样耐心讲解过。这个可怜的人,就好像在离开之前,要把他的全部知识教给我们,要一下子全灌输到我们的脑子里。

课文讲解完了,又开始练习写字。阿梅尔先生为这天上课,准备了崭新的字帖,上面以漂亮的圆体写着:France, Alsace[①], France, Alsace。字帖全挂在课桌上面的金属杠上,像一面面小旗,在教室里飘动。真应该瞧瞧:每个人都多么用心,多么安静啊!只有笔尖在纸上的沙沙声。有一阵工夫,几只金龟子飞进教室,可是没人理睬,年龄最小的同学也不例外,他们都在聚精会神地练习画直杠,那么用心,那么认真,就好像那也是法语……

学校的房顶上,鸽子在咕咕地低声叫着,我边听边想:

"他们还要迫使鸽子也用德语歌唱吗?"

我不时从练习本上抬起眼睛,只见阿梅尔先生在讲台上一动不动,他注视着周围的各种物品,就好像要把他这小小的学校整个儿装进眼睛里带走……想一想啊!四十年来,他总在同一位置,面对

---

① 法文的"法兰西,阿尔萨斯"。

着院子和总是老样子的教室。座椅课桌磨得光滑了，院子里的胡桃树长高了，他亲手栽的那株啤酒花，现在也挂满窗户，爬上房顶了。眼前这一切就要离开了，又听见他妹妹在楼上房间来回忙碌拾掇行李，这个可怜的人心如刀绞啊！不错，他们明天就要启程，永远背井离乡了。

不过，他还是鼓着勇气，给我们上完最后一堂课。练习完写字，我们又上历史课。然后，小同学齐声朗诵 Ba Be Bo Bu。而在教室后排座位上，欧译尔老爷爷已戴上老花镜，双手捧着识字课本，跟小同学一起拼读。看来他也非常专心，不过那声音由于激动而发颤，听起来特别滑稽，我们都想笑，又都想哭。啊！这最后一课，我会永远记在心里……

教堂的钟忽然报时，敲了十二下，接着又敲祈祷钟。

与此同时，普鲁士士兵操练回来的军号声，也在我们的窗下回响……阿梅尔先生站起来，脸色十分苍白。在我看来，他从来没有如此高大。

"我的朋友们，"他说道，"我的，我……我……"

然而，他喉咙哽咽，话说不下去了。

于是，他转过身去，拿起一截粉笔，用尽全力，尽可能大地在黑板上写下了几个字：

    法兰西万岁！

然后，他头顶着墙壁，待在那儿不说话，只是摆手向我们示意："下课了……都走吧。"

柏林之围

我们陪同 V. 大夫，重又上坡走在香榭丽舍大街上，一路察看墙壁的弹洞、人行道的枪痕，千疮百孔，探问巴黎被围困的经历，快到星形广场时，大夫停下脚步，指着坐落在凯旋门周围豪华的楼房中的一幢，向我讲述了这样一段故事：

那座阳台上，有四扇紧紧关闭的窗户，您瞧见了吧？那是 8 月初，也就是去年，遭受暴风雨和灾难袭击的可怖的 8 月，那儿有个突然中风的病人，我被找去治疗。那儿住着茹沃上校，第一帝国时期的重骑兵，是个老顽固，特别看重荣誉和爱国主义；战事一起，他就搬到香榭丽舍来，租了那套带阳台的房间……您猜猜是什么缘故？就是为了观看我们部队凯旋……可怜的老人！他刚离开餐桌，恰好接到维桑堡①的战报。他在这份败绩的战报下方，看到拿破仑的名字，当即中风倒下了。

我到那里，只见这位重骑兵团的老军人，直挺挺地倒在卧室的地毯上，满脸涨红，神情麻木，就好像脑袋挨了一闷棍。他若是站起来，身材肯定很高大；就是躺着，也还是显得很魁梧。他五官端正，牙齿非常齐整，有一头卷曲的苍苍白发，虽到八十岁

---

① 维桑堡：法国东北部的城市。1870 年 8 月 4 日，普法战争的第一个战役——维桑堡战役在此地发生，麦克马洪率领的法军失利，被迫撤退。

高龄，看着也不过六十来岁……他的孙女泪流满面，跪在他的身边。她长得像祖父。假如他们俩并排在一起，简直可以说是一个模子铸出的两枚希腊钱币，只不过一枚古老，颜色发污了，周边也已磨损，而另一枚亮晶晶的，非常洁净，具有新铸钱币的那种色泽和光滑。

这姑娘的哀痛打动了我的心。她是两代军人之后，父亲在麦克马洪①的参谋部供职。眼前躺着的这位高大的老人，令她想起另一个同样可怕的景象。我极力劝她放心，而我心中并不抱什么希望了。我们面对的是一种不折不扣的半身瘫痪症，尤其八十岁的老人患上，是根本治不好的。情况也的确如此，病人连续三天不能活动，处于痴呆的状态……这期间，雷舍芬战役②的消息传到巴黎。您还记得消息传得多怪。那天直到傍晚，我们还都以为打了大胜仗，歼灭两万名普鲁士军，还俘获了敌国的王子……不知是什么奇迹，什么磁流感应，这种举国欢腾的反响，居然波及我们这位又聋又哑的病人，深入他那瘫痪症的幻觉中。不管怎样，那天晚上我走到病榻前，见他变了一个人。他的眼神近乎亮了，舌头也不那么僵硬，甚至有气力冲我微笑，还两次结结巴巴地说：

"胜……利……了！"

"是的，上校，打了大胜仗！……"

我把麦克马洪的这次漂亮仗，详细讲给他听，发现他渐渐眉头舒展，表情开朗了……我从房间出来，那姑娘正站在门外等我，她脸色苍白，不住地抽泣。

"他脱离危险了！"我握住她的手说道。

---

① 麦克马洪(1808—1893)，法国元帅，1873年至1879年任法国总统。
② 雷舍芬：法国下莱茵省地名。1870年8月6日，普法两军在此激战，法军大败。

可怜的姑娘，简直没有勇气答话。雷舍芬的真实战报刚刚张贴出来：麦克马洪逃之夭夭，全军覆没了……我们大惊失色，面面相觑。她担心父亲的安危，更是愁眉不展。而我想到老人的病情，心头也不禁颤抖。显而易见，他经受不住这一新的打击……可是，又有什么办法呢？他是靠幻想活过来的，还得让他保持这种快乐情绪和幻想！……这样一来，就必须说假话了……

"那好，我就编假话！"有勇气的姑娘对我说道。她很快擦干眼泪，重又容光焕发，回她祖父的卧室了。

她承担的任务很艰巨。开头几天倒还容易对付过去。老人头脑迟钝，像个孩子似的任人哄骗。然而，他身体日渐康复，头脑也越发清楚了，必须让他了解双方军队运动的情况，给他编造一些战报。这个漂亮的女孩日夜俯瞰那张德国地图，往上面插小旗，竭力组合出一次辉煌大胜仗，看着实在让人可怜。巴赞[①]部队向柏林挺进，弗罗萨尔进军巴伐利亚，麦克马洪则向波罗的海长驱直入，她编造这一切时总向我讨主意，我也尽量帮助她。不过，在这种虚构的进攻中，还是她祖父给我们的帮助最大。在第一帝国时期，他有多少次征服了德国！所有军事打击，事先他就成竹在胸："现在，他们要往那里去……我军就该这样行动……"他的预见总能实现，也就不免十分得意。

不幸的是，我们拿下多少城池，赢得多少战役，也赶不上他进军的速度。这老头，简直贪得无厌！……每天我到他家，就会得知一个新战果：

"大夫，我们又打下了美因茨！"姑娘满脸苦笑，迎着我说道。

---

① 巴赞(1811—1888)，法国元帅，1870年10月27日，率十七万大军投降，后来受到军事法庭的审判。

这时,我听见一个愉快的声音,隔着门冲我嚷道:

"真顺利!真顺利!……照这样,再有一周,我们就能打进柏林了。"

当时,普鲁士军距巴黎也只有一周的路程……起初我们还拿不定主意,是不是最好将他转移到外地去。然而又一想,出门一看到法国的状况,他就会恍然大悟。而且,我也认为他上次受了巨大的打击,身体还是太虚弱,头脑还太迟钝,不宜让他了解真相。因此,还是决定留下来。

围困巴黎的第一天,我到他家里,还记得我心情很冲动,带着巴黎城门全部关闭,兵临城下,城郊变成国界所引起的惶恐。我进屋时,看见老人坐在床上,十分得意,兴冲冲对我说:

"嘿!这场围城战,总算开始啦!"

我不禁愕然,注视着他:

"怎么,上校,您知道了?……"

他孙女急忙转身对我说:

"哦,是啊!大夫……这是重大的消息……已经开始围攻柏林了。"

她边说边做针线活儿,那可爱的样子,多么从容,多么镇定……老人又能觉察出什么呢?城防堡垒的炮声他听不见,陷入可怖战乱的不幸的巴黎他看不见。他从床上只能望见凯旋门的一角。再说,他屋里摆设的,全是第一帝国时期的旧玩意儿,正好能维持他的种种幻想。拿破仑麾下元帅们的画像、战役场面的版画、身穿婴孩服的罗马王①像,还有在铜饰战利品镶嵌得挺实的大托架上,陈列着帝国的遗物:勋章、小铜像、球形玻璃灯罩下的圣赫勒

---

① 罗马王:拿破仑的儿子,1811年出生便封为罗马王,史称拿破仑二世。

拿岛①上的一块石头、一位身穿黄色灯笼袖跳舞衣裙、波浪头发而眼神明亮的贵妇的几幅细密画——而所有这一切：大托架、罗马王、元帅、黄衣裙贵妇，及苗条的身材、高束的腰带，体现1806年优雅风姿的端庄举止……好一个上校！正是这种胜利和征伐的气氛，才使他如此天真地相信围攻柏林了，比我们所能对他讲的更有说服力。

　　从这一天起，我们的军事行动就变得非常单纯了。夺取柏林，这不过是一件耐心一点儿的事情了。有时老人太烦闷了，就给他念一封儿子的来信，信当然是假造的，因为巴黎被围得水泄不通，况且，色当战役之后，麦克马洪的那名副官就被押往德国的一个要塞去了。您能想象得出，这可怜的女孩没有父亲的音信，知道他被俘，被剥夺了一切，也许病倒了，她心里该有多么痛苦，可是又不得不借父亲的口吻，写一封封欢快的信，信有点儿短也是正常的，符合在被征服的国家节节推进的一名军人的情况。有时，她实在没有勇气了，接着几周就没有消息了。可是老人又担起心来，睡不好觉了。于是，很快就从德国寄来一封信，她来到床前，强忍住泪水，欢快地给祖父念信。上校聚精会神地聆听，会心地微笑着，时而点头赞许，时而批评两句，还给我们解释信上有点儿混乱的地方。不过，他在给儿子的回信中，表现得尤为高尚："永远也不要忘记你是法国人，"他在信中对儿子说，"对那些可怜的人，要宽大为怀。占领，不要让他们感到太沉重……"接着，又是无休无止地叮嘱，要保护私有财产啦，要尊重女性啦，都是些精彩的老生常谈，适用于征服者的真正的军人荣誉手册。他在信中也谈了对政治

---

① 圣赫勒拿岛：位于南大西洋。1815年拿破仑百日政变失败后，被囚于此岛，直至1821年去世。

的泛泛看法,以及迫使战败方接受的和平条件。平心而论,他并不苛求:

"只要战争赔款,此外别无他求……让他们割让几个省份有什么用?难道能把德意志变成法兰西吗?"

他语气坚定地口授这些话,从中能感到他多么诚实,爱国心多么高尚,听了怎能不让人深受感动。

这期间,围城部队步步进逼,唉!不是围攻柏林啊!……正赶上严寒的季节,又挨炮弹轰炸,又流行瘟疫,又闹饥荒。不过,多亏我们精心安排,多方努力,对他无微不至的体贴关心,老人的静养才没有受到一点儿惊扰。一直到最后,我也总能设法让他吃上白面包和新鲜肉。当然,也只能供给他一个人。您绝难想象得出来,还有什么比老祖父用餐的情景更感人的了:他坐在床上,胸前围着餐巾,笑吟吟的,满面红光,独自享用而又不知内情,可是坐在旁边的孙女,则因营养不良而面色苍白,她扶着老人的手,帮他喝汤,帮他吃别人吃不到的美食。老人吃过饭上来精神头儿,待在温暖舒适的卧室里,望着外面的寒风,窗前飞舞的雪花,这位老骑兵便忆起在北方参加的战役,不知是多少遍又向我们讲起,从俄罗斯撤退的惨状,只能吃上冻饼干和马肉。

"这你明白吗,孩子?那时候我们只能吃上马肉!"

我深信小姑娘是明白的。近两个月来,她也没有别的食物可吃……然而,老人的身体日渐康复,我们在他身边的任务也越来越难了。原先,他感官、肢体都麻痹,我们一直充分利用,现在这种症状开始消失了。已有两三回,听见马约门巨大的排炮声,他惊跳起来,像猎犬似的竖起耳朵。我们就不得不编造说:巴赞元帅在柏林城下取得决定性胜利,残废军人院那儿就鸣炮庆功。还有一天,我们把他的床推到窗户旁边,记得那是星期四,布森瓦尔①战役打响的那天,他清楚地望见大军在林荫路上集结的国民自卫队。

"那算什么队伍呀?"老人问道,我们还听见他嘴里咕哝着:

"军装太差!军装太差!"

这话一点儿不差,然而我们明白,从今往后必须万分小心。不幸的是,还有疏忽的时候。

一天晚上,我刚到那里,女孩就神色慌张地迎过来。

"明天他们就开进城了。"她对我说道。

祖父的房门是开着的吗?不管怎样,如今回想起来,我还记得那天晚上说过这话之后,老人的神情的确有些异常,他很可能听见了。只不过我们说的是普鲁士军,老人想的则是法国军队,以为是他期盼已久的凯旋之师——麦克马洪元帅在军乐声中,沿着摆满鲜花的林荫路走过来,老人的儿子走在元帅身边,而他本人则换上整齐的军装,站在阳台上,就像当年在吕岑②那样,向弹洞累累的军旗和硝烟熏黑的鹰旗致敬……

可怜的茹沃老人家!他肯定以为我们怕他过分激动,才想阻止他观看我们部队的大检阅。因此,他自有主意,却避而不告诉任何人。第二天,普鲁士部队正沿着长街,从马约门小心翼翼地向土伊勒里官推进。恰好这时,上校那扇窗户悄悄打开,他出现在阳台上,戴着头盔,挎上大马刀,穿上在米约③部下当重骑兵时那身光荣的旧军服。现在我还纳罕,是何等坚强的意志,是何等生命力的突发,能使他站立起来,还全副武装了。反正他站在阳台上,就在栏杆里面,这是千真万确的。他站在那里,看到街上的景象十分诧

---

① 布森瓦尔:位于巴黎西郊的古堡,1871年1月19日在此开始巴黎之围战。
② 吕岑:德国的城镇,1813年5月2日,拿破仑率军在此打败俄普联军。
③ 米约(1768—1833),拿破仑麾下的骑兵名将。

异:街道那么空阔,那么寂静,楼房的百叶窗紧闭,巴黎一片凄清,犹如传染病隔离所,旗帜到处皆是,但是特别怪,全是白色的,上面还有红十字,连一个人也没有出门欢迎我们的士兵。

一时间,他以为自己可能看花眼了。

其实不然!就在那边,在凯旋门的后面,隐约传来喧闹声,在旭日的霞光里,一支黑乎乎的队伍开过来……继而,头盔的尖顶渐渐开始熠熠闪亮,耶拿①的小军鼓也敲起来。到了凯旋门下面,忽然奏响舒伯特的胜利进行曲,伴着队伍的重重的步伐,并掺杂着军刀的撞击声!……

这时,在广场一片死寂中,忽听一声呼号,一声骇人的呼号:"拿起武器!……拿起武器啊!……普鲁士军来啦!"

走在排头的四名枪骑兵,望见楼上阳台有一个身材高大的老人,身子摇摇晃晃,挥动着双臂,又直挺挺地倒下去。这回,茹沃上校可真的死了。

---

① 耶拿:德国城市,1806年10月14日,拿破仑曾在此击败普鲁士军。

一局台球

　　士兵们连续战斗两天，又背着背包在滂沱大雨中过夜，现在都精疲力竭了。哪知他们又被撂在大道的水洼里，泥泞不堪的田地里，武器就放在脚边，真要命，苦苦等待了三个钟头。

　　熬了夜，军服又淋透了，他们实在疲惫不堪，身子沉重，只好挤在一起取暖，以便支撑着。有些人站着靠在旁边人的背包上就睡着了。疲倦和饥寒，从这一张张打瞌睡的松弛的脸上，就看得尤为明显。天上下雨，地下泥泞，没有火取暖，也没有饭食充饥。天空黑云压下来，四周都有敌情。多么凄惨……

　　他们在那儿干什么，究竟出了什么事？

　　大炮口瞄准树林，好像在窥视什么。埋伏的机关枪，也都盯着远方，似乎一切都准备着投入战斗。可是，为什么又按兵不动呢？还等什么呢？

　　他们在等待命令，而司令部却不发出来。

　　其实，司令部并不远，就设在那座漂亮的路易十三时期的古堡。古堡的红砖经大雨的冲刷，在半山坡的灌木丛中格外鲜亮耀眼。一座名副其实的王公府邸，倒也配得上一位法国元帅的帅旗。一条大壕沟和一道石坡，将里面的草坪和外面的大道隔开。绿油油的草坪连成一片，两侧摆满花盆，沿坡一直攀升到古堡的台阶前。在另一侧，古堡的后身，千金榆形成几块亮点；几只天鹅游弋的水池平展如一面镜子；一座大鸟棚的塔状棚顶下，有几只孔雀在开屏，金黄的野鸡在叶丛中拍打着翅膀，发出尖厉的叫声。古堡主人虽已离去，但是看不到战乱时弃家逃难、满目荒凉的景象，有军队司令的帅旗的保护，连草坪上最小的花朵都安然无恙。战场近在咫尺，居然能看到这样清平的世界，着实令人惊讶不已：事物无不井然有序，花坛树木排列得整整齐齐，林荫路也都幽深而静谧。

滂沱的大雨，在外面的道路上积聚成烂泥坑，冲出更深的辙沟，而落到古堡这里，则完全成了一场清雅的好雨，越发显示了古堡的红艳、草坪的翠绿，越发光亮了橘树的叶丛、天鹅的白羽毛。无处不光彩夺目，无处不清幽宁静。老实说，房顶上如无飘扬的旗帜，铁栅门前如无站岗的两名士兵，怎么也不会相信这里是司令部。马匹都拴在马厩中休息。厨房周围，总能碰见身穿军便服的勤务兵和传令兵；在大庭院里，也能见到穿红裤子的园丁用钉耙平整沙径。

餐厅的窗户正对着门前的台阶，看得见里面一张餐桌杯盘狼藉，皱巴巴的台布上乱放着开启过的酒瓶、污浊的空杯子，完全是一种宴饮结束、宾客散去的情景。隔壁房间则传出爽朗的谈笑声、台球滚动和碰杯的声响。元帅正在打他那局台球，因此部队原地待命。元帅一打起台球，什么也阻挡不住，就是天塌下来也得打完这一局。

台球啊！

这位伟大的军人就有这种嗜好。他全副戎装，胸前挂满勋章，站在台球桌前的严肃神态，就像在指挥战斗。眼睛炯炯有神，面颊通红，正处于宴饮、台球和掺水烈酒激起的兴奋状态。副官们簇拥着他，一个个献殷勤，表敬意，看他每打进一个球都赞叹不已。元帅赢得一分时，所有副官都冲向记分牌。元帅口渴了，所有副官也都争着为他倒酒。只听肩章和帽饰窸窸窣窣、十字勋章和镶金饰带的叮玲声,再看这对着花园庭院、橡木护壁精饰的大厅里,这么多锦饰绣带和崭新的军装、一张张漂亮的笑脸、一个个趋奉者机灵的恭敬,这情景令人忆起贡比涅①的秋天,这也使得士兵们稍事休息:他们浑身肮脏不堪,沿路在雨中受罪,聚成一堆堆,惨不忍睹。

  元帅的对手是参谋部的一名上尉。上尉个子矮小,头发卷曲,穿着紧身军服,戴着浅色手套,他是打台球的头等好手,能把天下所有元帅打得落花流水。但是,他尊敬自己的长官,有意落后一点儿,保持既不打赢,又不轻易输掉。这就是所谓的一名有前途的军官……

  "当心,年轻人,要把握好了。元帅得了十五分,而您有十分。这种局面,只要维持到结局就行了,您就有了功劳,比您在外面和部队一起更有晋升的机会。况且外面大雨下得昏天黑地,您的漂亮军服会弄脏,饰带上的镶金失去光彩,苦苦等不来命令。"

  这一局的确很精彩。台球滚动,相互撞击摩擦,各种颜色相混杂。球桌的周边弹性极佳,赛事渐趋激烈……忽然,天空划过一颗炮弹的火光,沉闷的爆炸声震得玻璃哗哗抖动。所有人都惊跳一下,惴惴不安地你看看我我看看你。唯独元帅一无所见,他俯身对着台球桌,正算计打一个漂亮的曬球,这是他的拿手好戏,一杆子出击,让球倒滚!……

  又闪过一道火光,接着又是一道。炮声此伏彼起,越来越密集。副官们跑到窗口。难道普鲁士军队发起进攻啦?

  "好哇,就让他们进攻吧!"元帅边给球杆头擦白粉边说道,

---

① 贡比涅:位于法国北部,瓦兹地区首府。

"上尉,该您的了。"

参谋部的人在惊恐中佩服得五体投地。这位元帅站在台球桌前,面对敌人进攻还镇定自若,就是睡在炮架上的杜雷纳①,也根本不能与之相比……这工夫,轰炸声变本加厉,隆隆的炮声夹杂着呼啸的机枪声、连串的排枪齐射声。周边呈黑色的一团红色水蒸气,从草坪的里端升起。花园的后半部分在燃烧。孔雀和野鸡在鸟棚里惊慌地大叫;阿拉伯种马嗅到了火药味,在马厩里竖起前蹄。司令部也开始乱了,急报接连而至。传令兵飞马跑来。有人通禀元帅。

元帅不准人来打扰。正如我交代过的,什么也休想阻止他打完那一局。

"该您打了,上尉。"

可是,上尉神不守舍了,到底还年轻啊!他一时昏了头,忘记了自己要的手腕,连续击进了两个球,险些赢了这一局。这下子,元帅火冒三丈,他那刚毅的脸上突现又惊又恼的表情。恰好这时,一匹战马飞驰冲进庭院,摔倒在地。满身泥污的一名副官不顾禁令,纵身跳上台阶:"元帅!元帅!……"是怎么接待他的,真值得一瞧……元帅出现在窗口,他手拿着球杆,怒不可遏,脸像鸡冠一般涨得通红:

"什么事啊……?怎么搞的?……这儿怎么没有站岗的?"

"哎呀,元帅……"

"好吧……过一会儿……等我的命令,活见鬼……!"

窗户啪地关上了。

等他的命令!

那些可怜的人,也正是这样做的。雨借风势抽打他们,机关枪

---

① 杜雷纳(1611—1675),法国元帅,屡建战功,如将阿尔萨斯地区收入法国版图。

迎面扫射。一营一营的部队被歼灭，其他部队也无所作为，大家端着枪，却意识不到没有行动。无事可做。大家等待命令……可是，用不着命令就可以死去，这不，在灌木丛后边，在壕沟里，成百成百的士兵，面对着沉寂的大古堡纷纷倒下。即使倒下，机关枪也不放过，还要把他们打得稀巴烂，从他们张开的伤口，无声地流出法兰西勇敢的鲜血……在山坡上，在台球厅里，比赛也达到白热化程度：元帅重又占了上风，但是，小个子上尉像狮子一样奋力抵抗……

十七！十八！十九！

进展迅速，几乎来不及记分了。战斗的喧嚣越来越逼近。元帅志在争取最后一分了。炮弹已经落到花园，有一发在水池中爆炸。明镜破碎了。一只惊恐的天鹅，在血淋淋的羽毛旋涡中游窜。这是最后一炮……

现在一片死寂。唯闻林荫小径上刷刷的雨声、山脚下乱哄哄的声浪，以及听似一支部队踏在泥泞路的匆急脚步声……部队溃不成军。元帅打赢了这局台球。

小间谍

他叫斯泰恩·小斯泰恩。

他是个巴黎孩子，体格孱弱，面无血色，看上去有十岁，也许十五岁了。碰到这些小家伙，总说不清他们有多大年龄。他母亲死了，父亲在海军当过兵，现在管理神庙街区一个街心小公园。人人都认识，都敬重老斯泰恩。无论小孩子、保姆、带折凳的老太婆，还是贫穷的母亲，以及躲避车辆的喧闹、到周边有人行道的花坛来的忙碌的巴黎市民，无不知道他那又粗又硬的胡子，虽然狗和总赖在公园长椅上的人见了害怕，但那下面却隐藏着和善的、温柔得近乎母亲的微笑，他们也都知道，若想瞧见这种微笑，只要问一问这老头儿就行了：

"您的那小子怎么样？"

斯泰恩老爹太喜爱他这孩子了！傍晚一放学，小斯泰恩来公园找他，他不知有多高兴。父子二人就在公园的小径上散步，到每张椅子前都停一停，问候熟人，也接受他们的回礼。

然而不幸的是，巴黎被围困，情况完全变了。斯泰恩老爹管理的小公园关了门，用来储存煤油，可怜的人不得不时刻警惕，小心看管，独自一人还不能抽烟，在这冷清的杂乱树丛中打发日子，只有很晚回家才能见到儿子。因此，他一谈起普鲁士人，瞧瞧他那胡子就明白他多么愤怒……至于小斯泰恩，他对这种新生活倒不怎么太抱怨。

全城被围！倒把孩子们乐坏了！不上学啦！也不互助学习啦！天天放假，大街变成了集市广场……

小斯泰恩也一天到晚在外面乱跑。他跟随驻扎在本街区的营队去城墙那儿，选择他最喜欢的军乐队，在这方面他可非常内行。他会毫不含混地告诉你，九十六营的军乐队不怎么样，而五十五营的非常棒。有时，他还跑去看国民别动队操练，还有排队……

他拐着篮子，夹在长长的队列中：在没点煤气路灯的冬天黑暗的早晨，队列从肉铺和面包房的铁栅门排出去很远。大家站在积水中，彼此结识，一起谈论政治，由于他是老斯泰恩的儿子，人人都想听听他的看法。不过最有意思的，还是瓶塞赌博，这种将赌注放在塞子上的有名赌法，还是围城时期布列塔尼国民别动队带头玩起来的。如果小斯泰恩不在城墙脚下或面包房那儿，那么你到水塔广场聚赌那里准能找见他。他当然不会参加，赌博要有很多钱，他瞪着眼睛瞧人家赌就满意了。

尤其一个穿蓝工装裤的大个子，下注全是一百苏面值的银币，真让小斯泰恩赞叹不已。那人跑起来时，听得见他裤兜里埃居银币哗啦哗啦响……

有一天，一枚银币一直滚到小斯泰恩脚下，那个人个子边拾钱边低声对他说：

"你瞧着眼红了吧，嗯？……好吧，你想知道，我可以告诉你哪儿能弄到钱。"

一局赌完了，他就带小斯泰恩到广场的角落，提议一起拿报纸去卖给普鲁士人，跑一趟能赚三十来法郎。小斯泰恩听了非常气愤，一口回绝了，而且接连三天不去赌场。难熬的三天呀，饭也吃不下，觉也睡不好。夜间，他看见一摞摞瓶塞立在床前，亮晶晶的银币平行地鱼贯而过。诱惑实在太大了。第四天,他又去水塔广场,见到那个大个子,终于上钩了……

一个下雪的清晨,他们肩上搭个布口袋,报纸藏在罩衫里面,便出发了,走到弗兰德城门时天才蒙蒙亮。大个子拉着小斯泰恩的手,走到哨兵跟前,拿出可怜巴巴的声调,对那红鼻子而面目和善的厚道的守城兵说:

"放我们过去吧,好心的先生……我们母亲病了,爸爸又死了。我和小弟弟,我们到田里去拾点儿土豆。"

他说着还流了泪。小斯泰恩低下头,觉得无地自容。哨兵打量他们半晌,又望一眼没有人迹的雪白的大路。

"快过去吧。"他闪开路,对他们说了一句。

他们走上通往欧贝维利耶的大道。大个子放声大笑!

小斯泰恩如在梦中,恍恍惚惚,望见改为兵营的工厂、挂着破烂湿衣衫的无人把守的路障,望见那一根根破损而不冒烟、穿透大雾升上天空的高烟囱。隔一段距离就有一名哨兵。几位戴风帽的军官,对着望远镜在那里观察。小帐篷让雪打湿了,旁边的篝火也奄奄一息。大个子熟悉路,从田野穿行,避开了岗哨。然而,他们走到狙击兵的大哨所,却未能溜过去。狙击兵穿着小小的防雨外套,蹲在苏瓦松铁道沿线的积水战壕里。这一次,大个子再怎么瞎编也不顶用了,说什么也不放他们过去。他正苦苦哀求的时候,从铁道路口的值班室里,走出一位白发苍苍、满脸皱纹、极像斯泰恩老爹的老中士。

"好啦!小家伙们,不要哭哭啼啼啦!"他对两个孩子说,"可以让你们去挖土豆,不过,你们先进屋暖暖身子……瞧这小鬼要冻成冰棍了!"

唉!小斯泰恩浑身打哆嗦,并不是冻的,而是因为害怕,因为羞耻……他们走进哨所，看见几名士兵蜷缩在微弱的一堆火周围，刺刀尖上插着干饼，在名副其实的寡妇火上烤。大家挤了挤，给两个孩子腾点儿地方，还给他们一点儿酒、一点儿咖啡喝。他们正在喝的时候，一名军官来到门口，叫出去中士，低声说了几句话，又急匆匆走了。

"小伙子们，"中士回到屋，兴冲冲地说，"今天夜晚，要大干一场……普鲁士人的情报被截获了……我相信，神圣的布尔热城，这回总可以夺回来了！"

屋里人欢呼大笑起来。他们又跳舞，又唱歌，还擦亮刺刀。两个孩子趁乱溜走了。

一翻过战壕，前面就是一片平原，远处有一道白墙，墙上开了许多枪眼。他们正是朝那道白墙走去，走一步停一停，假装拾土豆。

"咱们回去吧……别往前走了。"小斯泰恩不住嘴地咕哝。

大个子连连耸肩，一直往前走。突然，他们听见压子弹的声响。

"卧倒！"大个子说着就趴下了。

他一趴下，就打了声口哨。对面雪地上也应了一声口哨。他们匍匐前进……在那堵墙前边，贴着地面出现两撇黄胡子，扣一顶脏兮兮的贝雷帽。

大个子跳进战壕，到了那普鲁士人身边："他是我弟弟。"他指着小斯泰恩说道。

这个斯泰恩，个头儿太小了，普鲁士人一见就笑起来，不得不抱起他，举到墙的豁口。

墙的另一侧是填起的土堆、放倒的树木、挨着雪地的黑洞，而每个黑洞都有同样一顶脏兮兮的贝雷帽、同样的黄胡子。他们看到两个孩子走过，都笑起来。

　　位于角落有一间园丁的房子，现在用树干筑成了防弹掩体。掩体下面挤满了士兵，他们有的在打扑克，有的在燃旺的火上烧汤。白菜、肥肉闻着香喷喷的，跟那边狙击手的营地相比，真有天壤之别！掩体上面是军官。听得见他们在弹钢琴，在开启香槟酒。两个巴黎孩子一进去，军官们就用欢呼声迎接他们。他们拿出报纸交给军官。接着，军官们给他们倒酒喝，引他们说话。所有军官的样子都又傲慢，又凶狠，但是，大个子拿出郊区人的活跃劲头和流氓话，逗军官们开心。他们哈哈大笑，跟着他重复那些话，投入从巴黎给他们带来的污泥浊水中打滚嬉戏。

　　小斯泰恩也很想讲几句，好证明他并不是个小笨蛋，但是总有什么东西妨碍他。他前面有个普鲁士军官，显得比其他人年长而神情严肃，待在一旁看报或者佯装看报，因为他的目光始终不离小斯泰恩的左右。那种目光同时流露出慈爱和责备的神色，就好像那人在家乡也有一个与斯泰恩同龄的孩子，而且心里在说：

　　"我宁肯死了，也不愿看到我儿子干这种勾当……"

　　从这一刻起，小斯泰恩就感到有一只手压在他心头，阻止他的心跳动。

　　他要摆脱这种惶惶不安的心情，就开始喝酒。不大工夫，他就感到天旋地转，在狂笑中听见他的同伴在嘲笑国民卫队，嘲笑他们的操练方式，还模仿沼泽区①的一次阅兵，在城墙一次发出的夜间警报。继而，大个子又压低嗓门，而军官们也都纷纷靠拢，脸上的表情变得严肃了。这个该死的家伙，竟然把法军进攻的情报提供给他们……

---

① 沼泽区：巴黎市中心的第四区。

这下子，小斯泰恩醒酒了，气愤地站起来："这个不要说了……大个子……我不愿意。"

可是，大个子一笑置之，接着讲下去。没等他讲完，所有军官都站起来，其中一个指着门对孩子说："滚吧！"

他们开始用德语讨论，话说得很快。大个子出门时，故意把兜里的钱币弄得哗哗响，像个总督似的得意洋洋。小斯泰恩则垂头跟在身后，从刚才看得他发窘的那个普鲁士军官跟前走过时，听见那人伤心的声音：

"铺光彩①，这……铺光彩……"

他眼里涌出泪水。

两个孩子一走上平野，便奔跑起来，要很快回城。满口袋装着普鲁士人给的土豆，他们扛着就畅通无阻，过了狙击兵的战壕。法军正准备夜晚突袭。部队悄无声息地开到，在墙里聚集。老中士也在那里，正布置他的人。那样子兴奋极了！两个孩子经过时，他还认出来，冲他们和蔼地笑了笑……

噢！这一笑让小斯泰恩心里多难受！一时间，他真想大叫一声："不要进攻了……我们出卖了你们。"

可是，大个子早就对他说过："你若是讲了，咱俩就会被枪毙。"心里恐惧，话到嘴边也不敢讲……

到了库尔讷夫镇，他们进入一座被遗弃的房子分钱。实话实说，钱分得完全公平，而小斯泰恩听见罩衫里漂亮的银币的响声，想到能去参加瓶塞赌博了，就不觉得自己有多大罪过了。

然而，这倒霉的孩子，等进了城，大个子离去，只剩下他一个人了，他的口袋就变得沉重了，压在他心头的那只手，压迫得更厉

---

① 普鲁士人讲法语发音不准，说"不光彩"而成"铺光彩"。

害了。他觉得巴黎不是原来的样子,过路的人都严厉地看着他,就好像知道他是从哪儿来的。间谍这个字眼儿,随着滚滚的车轮声,随着运河边练习的军鼓声,传到他的耳畔。他终于回到家,很高兴父亲还未回来,赶紧上楼进屋,将沉甸甸的银币藏到枕头下面。

斯泰恩老爹这天晚上一进门,显得格外和蔼,格外欢快。外省的战况刚刚传来,全国形势好转了。这个从前的老兵吃饭的时候,望着挂在墙上的枪,蔼然笑着对儿子说:

"嗯,孩子,你若是已经长大了,会怎么去打普鲁士人啊!"

约莫8点钟,听见炮击声了。

"是欧贝维利耶那里……布尔热①的战斗打响了。"这位老爹说道,那里的工事他都了如指掌。小斯泰恩脸色刷地白了,他借口特别累,就上床睡觉,可是怎么也睡不着。隆隆的炮声不断,他脑海里浮现战斗的情景:法军夜袭普鲁士军,不料却中了敌军的埋伏。他又想起冲他微笑的那名中士,恍惚看见他倒在雪地里,同他一起倒下的还有许多人啊!……流了这么多鲜血的代价,就藏在他枕头底下,而且正是他,斯泰恩先生的儿子,一个士兵的儿子……泪水流淌,他哽咽得喘不上来气。他听见父亲在隔壁房间走动,去打开窗户。楼下的广场上吹响了集合号,一个营的国民别动队排队报数,准备出发了。毫无疑问,这是一场真正的战斗。可耻的孩子再也忍不住,呜呜哭起来。

"你怎么啦?"斯泰恩老爹进来问道。

孩子再也挺不住,跳下床,跪倒在父亲的脚下。他跳下床时,那些银币也随着滚落到地上。

---

① 布尔热:巴黎北部的战略要地、交通枢纽。1870年10月28日,法军打了个漂亮仗,夺回布尔热。但是两天后,德军又投入三万多兵力,经过激烈战斗,重又占领。12月11日,法军要再次夺回,却偷袭失败了。

小间谍

"这是什么？是你偷来的吗？"老人浑身颤抖着问道。

于是，小斯泰恩一口气讲述了他如何去普鲁士人那里，去干了什么。随着讲下去，他感到心情轻松了：承认罪过，就能减轻心理压力……斯泰恩老爹听着，那脸色可怕极了。等儿子讲完了，他捂住脸哭起来。

"爸爸，爸爸！……"孩子想说点儿什么。

老人没应声，一把推开他，从地上捡起钱。

"就这些吗？"他问道。

小斯泰恩点了点头，表示只有这些。老人摘下枪和子弹袋，把钱装进兜里。

"好吧，"他说道，"钱我去还给他们。"

他再也没有说什么，头也不回就下楼去，加入夜间行动的国民别动队。此后就再也没有人见过他。

布吉瓦尔的座钟

从布吉瓦尔到慕尼黑

这是第二帝国时期的一只座钟，镶的是阿尔及利亚的红玛瑙，绘有坎帕拉①图案，镀金的钥匙呈 X 形吊在粉红缎带上，它是从意大利人大街②买到的。这只小座钟的每个部件，都是全巴黎最精美、最时髦、最高级的，堪称意大利歌剧院那儿货真价实的时钟。声音清亮悦耳，可是一点儿也不理智，满是稀奇古怪的念头，反复无常，拿报时当儿戏，往往错过半点钟，从不准时提醒先生该去交易所，太太该去幽会了。战争爆发的时候，它正在布吉瓦尔③度假，正好配得上那些不堪一击的夏宫、那些好看的剪纸苍蝇笼、那些季节性的家具陈设，以及在浅色丝绸衬里上飘动的镂空花边和薄纱衣裙。巴伐利亚人④一来，头一批掠走的物品就有这只小钟。真的！应当承认，莱茵河彼岸那些人都是手巧的包装工，须知这个精致的小钟比斑鸠蛋几乎大不了多少，居

---

① 坎帕拉：意大利城市名。
② 意大利人大街：巴黎市中心的一条不长的繁华大街，意大利歌剧院就坐落在这条大街上。
③ 布吉瓦尔：位于巴黎西边的塞纳河畔，19 世纪时是巴黎人假日游玩的地方。
④ 德国南部地区，普鲁士王国（在北部以柏林为中心）早已统一德国，故德国人、普鲁士人、巴伐利亚人在书中是同义词。

然和克虏伯大炮、机关枪装在同一货车里，走完从布吉瓦尔到慕尼黑的行程，抵达时毫无破损，次日就放进奥登广场的奥古斯都·卡恩古董店橱窗里展出了，看上去又清新，又标致，那两根纤细的黑指针宛若弯弯的睫毛，新绸带吊着呈 X 形的小钥匙。

著名的博士兼教授奥托·德·施冯塔勒

　　这件事轰动了慕尼黑。慕尼黑人还没有见过布吉瓦尔小座钟，都要跑来见识一下，那好奇心就像参观锡包尔德博物馆的日本贝雕。从早到晚，总有三排叼着大烟斗的人，伫立在奥古斯都·卡恩店的橱窗前观赏。慕尼黑的善良市民，睁圆了大眼睛，惊愕得连声叫"我的上帝啊"，心中不免纳罕，这件奇异的小机械，究竟能派什么用场？各家画报也刊登了它的图形。它的照片在各家古董店的橱窗里展示，著名的奥托·德·施冯塔勒博士兼教授为这件盛事，专门撰写一部长达六百页的大作，题为《时钟的悖论》，他在这部又诙谐又富有哲理的论著中，阐明时钟对人类生活的影响，头头是道地论证了这样一个现象：一个民族荒唐到这种地步，使用布吉瓦尔小钟这类错乱的时计来安排自己的时间，定会遭遇各种灾难，就好比出海的船使用失灵的罗盘那样。①

　　德国人做事从不轻率，这位著名的博士兼教授在动笔写《悖论》之前，先要将所论之物放在眼前深入研究，细细分析，就像一位昆虫学家那样，于是他就买下来，这只小钟也就从奥古斯都·卡恩商店的橱窗，迁到路德维希大街二十四号，放进著名的博士兼教授、美术馆馆长、科学和艺术研究院院士奥托·德·施冯塔勒住宅

---

① 这句话偏长，但我是逐字逐句翻译过来的。——译者注

的客厅。

施冯塔勒的客厅

施冯塔勒的客厅是学院式的,庄严肃穆,如同会议大厅,一走进去,首先冲击眼帘的是一个大座钟,主体为厚重的大理石,钟顶上立着一个波吕许尼亚[①]的铜像,里面的齿轮结构特别复杂。大钟盘周围还有几个小钟盘,显示时、分、秒、四季、春分秋分,功能齐全,甚至月亮的阴晴圆缺,也能在底盘正中的浅蓝色云层里显出来。整个楼房都回荡着这架庞大机器的声响。在楼梯下面,就能听见沉重的钟摆庄严有力的摆动。那种摆动似乎在测量生活,将其切割成相等的小段。在响亮的滴答声的催促下,秒针在钟盘上疯狂地奔跑,那种勤奋的狂热,赛似一只懂得时间价值的蜘蛛。

大座钟一报时,声音凄惨而悠缓,好似学校的钟声。每次报时,施冯塔勒家必然有点儿情况发生:或者施冯塔勒先生带着一大堆文件,前去美术馆;或者高贵的施冯塔勒夫人带着她那三位小姐,三个细长身材好似啤酒花茎的头戴花环的女儿,到教堂听完布道回来了;或者该上齐特拉琴课、舞蹈课、体操课、羽管风琴课了,该刺绣了,该将乐谱架全推到客厅中间了。总之,一切都安排得十分周全,按部就班,有条不紊。因此,座钟打点敲第一下时,施冯塔勒全家就动起来,一道道双扇门出出进进,别人听见就想到斯特拉斯堡大时钟一打点,钟里的使徒就列队出现一次,于是总期望敲完最后一响时,能看到施冯塔勒一家人也返回并消失在座钟里。

---

① 波吕许尼亚:缪斯九女神之一,主管颂歌。

布吉瓦尔的小座钟对慕尼黑
一个正经人家的奇特影响

布吉瓦尔的小座钟，放到了这个庞然大物的旁边，你可以想见它那不够端庄，但又娇小玲珑的模样所产生的效果。一天晚上，施冯塔勒家的女眷们正在大客厅里绣花，而著名的博士兼教授则给科学院的几位同事朗诵，念《悖论》的头几页，他还不时停下来，拿起小座钟来示范讲解……忽然，爱娃·德·施冯塔勒开了口，不知受什么该诅咒的好奇心的驱使，红着脸对父亲说：

"喂，爸爸，让它打打点吧。"

博士于是解下钥匙，上了两圈弦，大家随即听见水晶般的钟声，清亮极了，欢快极了，一阵喜悦的震颤，把人们从严肃的聚会中唤醒。所有人眼里都射出光芒。

"真好听呀！真好听呀！"施冯塔勒家几位小姐都说。她们一阵兴奋，发辫都跳动起来，这种可爱的样子从未有过。

于是，奥托·德·施冯塔勒先生得意洋洋地说：

"你们瞧，法国人造出来的疯物！它打8点钟，时针却指3点钟！"

众人大笑不止，尽管时间不早了，这些先生又热烈讨论起哲学理论，没完没了地评论法国人民的轻率。谁也不想走了。大家甚至没有听见波吕许尼亚大座钟敲10点的巨大声响。往常一打10点钟，大家就立刻散去。大座钟不禁感到莫名其妙，它从未见过施冯塔勒家里这样欢喜过，也从未见过在客厅聚会待到这么晚。施冯塔勒家的几位千金也活见鬼了，她们一回到闺房，就感到肠胃被熬夜欢乐掏空了，很想吃点儿夜宵，就连多愁善感的米娜，也伸展胳臂说道：

"嘿！我准能吃下龙虾的一条大腿。"

欢乐吧，我的孩子们，欢乐吧！

一旦上了发条，布吉瓦尔的小座钟就又恢复任性的生活、散漫的习惯。起初，大家都笑它行为荒唐。可是，它胡乱打点的美妙钟声，严肃的施冯塔勒一家人听常了，就逐渐丧失了对时间的尊重，过起了无忧无虑的快活日子。大家只想怎么开心，现在时间全部打乱了，日子过得特别快！整个生活都乱了套，再也不去听布道了，再也不研究了！就需要喧闹和躁动。门德尔松和舒曼的音乐就显得太单调了，代之以《大公爵夫人》和《小浮士德》。几位小姐又拍手，又欢跳，而这位著名的博士兼教授脑袋也发昏了，不住口地说：

"欢乐吧，我的孩子们，欢乐吧！……"

至于大座钟，就形同虚设了。几位小姐借口它妨碍睡觉，就干脆把它的钟摆停了，全家人就完全听任胡乱打点的小座钟的摆布了。

正是在这种时候，炒出了名的《时钟的悖论》出版了。借此机会，施冯塔勒一家举办了盛大的晚会，这次不同往常，不是那种灯光和声音都合度的学院式晚会，而是一场绝妙的化装舞会。德·施冯塔勒夫人及其女儿手臂裸露，穿着短裙，头戴饰有鲜艳彩带的小帽，装扮成了布吉瓦尔的船家女。全城的人议论纷纷，然而这仅仅是开端。整个一冬天，慕尼黑市民气愤地看到，这位科学院院士的客厅里花样迭出，什么喜剧、活画展、晚餐会、纸牌赌博等等，无奇不有。

"欢乐吧，我的孩子们，欢乐吧！……"可怜的老先生越来越神魂颠倒，不住地重复。

这一家人确实特别乐呵。德·施冯塔勒夫人装扮船家妇非常成功，便迷上此道，常常身着奇装异服，在伊萨尔河上游荡。几位小姐单独留在家中，就跟城里被俘的法国轻骑兵军官学习法语。而这只小小的座钟，完全有理由相信仍在布吉瓦尔，就还是胡乱报时，时针指三点而总敲八下……后来，有一天早晨，这种疯乐的旋风将施冯塔勒一家人卷到了美国，而美术馆收藏的提香①那些最美的画，也随着它们赫赫有名的馆长一起逃逸了。

结论

施冯塔勒全家人走后，慕尼黑丑闻接连不断，仿佛成了时尚。人们先后看到，一位有身份的修女劫持了一名男中音歌手，学院的院长娶了一名舞女，一位宫廷枢密顾问官迷上了纸牌，贵妇人修道院关起门深夜大肆喧闹……

哼，物品也会搞恶作剧！这只小钟就好像是个女妖，专门要让所有巴伐利亚人中魔。它无论走到哪里，都要发出轻率动听的钟声，叫人发疯，叫人头脑错乱。它一程一程走下去，有一天抵达王宫。你知道从这以后，路易国王②，这个狂热的瓦格纳迷，在他钢琴上始终翻开的是哪一本乐谱吗？……

《讹诈者》吗？

不对！……是《白肚皮海豹》！

这会让他们明白，使用我们的座钟会有什么后果。

---

① 提香（1488—1576），意大利画家，威尼斯画派的代表人物。
② 路易二世（1845—1886），巴伐利亚国王（1864—1886），他曾大力资助瓦格纳；后来被认为发疯而囚禁起来，结果溺水而死。

公社的阿尔及利亚步兵

他的名字叫卡都尔,来自坚代勒部落,是土著步兵团的小鼓手。这个步兵团人数极少,编入维努瓦部①之后,便调到巴黎。从维桑堡一直打到尚皮尼,每一仗他都参加了。他带着响板和德布卡(阿拉伯鼓),在战场上驰骋,犹如在暴风雨中疾飞的鸟儿,动作极其敏捷,飘忽不定,子弹找不到他的踪迹。然而一到冬季,夜晚在前哨站岗,待在雪地里一动不动,这个被机关枪火力烤红了脸的非洲小伙子,可就受不住了。1月份的一天早晨,他在严寒中缩成一团,脚冻伤了,被人从马恩河边抬回去。他在野战医院住了好久,正是在那里我头一次见到他。

这名阿尔及利亚步兵像一条疯狗,又忧郁又耐心,睁着温柔的大眼睛看着周围。有人跟他一说话,就微笑,露出牙齿。他所能做的仅此而已,因为他不懂我们的语言,只会讲几句萨比尔语,而这种阿尔及利亚方言构成的成分,有普罗旺斯语、意大利语和阿拉伯语,词汇五花八门,恰似沿着拉丁海洋拾取的贝壳。

卡都尔要找点消遣,也只有他的德布卡。有时他实在烦得要命,人家就把鼓送到他床上,允许他敲一敲,但是声音不能太响,

---

① 约瑟夫·维努瓦(1800—1880),法国将军,普法战争中曾任法军司令,1871年代表法军与普军签停战协定,解了巴黎之围。继而他又率凡尔赛政府军镇压巴黎公社。

免得妨碍其他伤病员。冬季日光昏黄，街上景色凄凉，他那张可怜巴巴的黑面孔也暗淡无光，死气沉沉，但是一敲起鼓来，那张脸随即兴奋起来，随着不同节奏扮出各种怪相。时而，他敲起冲锋鼓，在狞笑中龇出雪白的牙齿；时而，在伊斯兰晨曲鼓声中，他的眼睛湿润了，鼻孔张大，在乏味的野战医院，在小药瓶和敷料中间，他又看到了卜利达果实累累的橙树林，又看到了蒙着白面纱、洗浴归来而散发着马鞭草芳香的摩尔姑娘。

两个月就这样过去了。这期间，巴黎发生了许多事，但是卡都尔却毫无觉察。他只听见疲惫不堪并解除了武装的残部回到巴黎，从他的窗下经过，听见远处从早到晚的隆隆炮声，后来又听到警钟长鸣、一阵阵枪声。然而，他根本不明白发生了什么事情，仅仅知道还在打仗，他的腿脚治好了，可以去参加战斗了。说走就走，他背上自己的鼓，去找他的连队，没有寻找多久，就被过路的巴黎公社战士带到广场。审讯好长时间，也问不出什么，只听他说"bon bezef, macache bono"，最后值日的将军给他十法郎、一匹驿马，并把他留在自己的参谋部。

公社的这些参谋部人员，穿的衣服五花八门，什么都有，如马夫的红色粗布裙儿、波兰式斗篷、匈牙利半短紧身衣、水手的粗布短工装，有镶金边的，有大鹅绒的，缀有各种金属箔片、各种装饰物。卡都尔穿上了镶黄边的蓝色上衣，扎上头巾，拿着他的德布卡鼓，前来充实这场化装舞会。这个当了逃兵还不知道的小伙子，欢天喜地加入这个绚丽多彩的队伍，陶醉在阳光中和枪炮声中，陶醉在街上的繁忙景象、武器和服装的这种混杂中，深信抗击普鲁士的战争还在继续，而且不知怎的气氛更加热烈，更加自由，他就天真地投入巴黎的纵酒狂欢中，一时间出尽了风头。他走到哪里，都受到巴黎公社战士的热情欢迎和款待。公社也因为有这样一名成员而无比骄傲，把他当成徽章那样佩戴着，到处展示和炫耀。一天不知有多少回，司令部派他去国防部，国防部又派他去市政厅。这也是有缘故的，人们一再对公社战士说，他们的水兵是假水兵，他们的炮手是假炮手！……至少，这一个是名副其实土著兵团的步兵。大家只要瞧瞧他那猴精的小脸蛋、他骑着高头大马的小身子耍马戏似的惊险动作，就会确信这一点了。

然而，卡都尔的快乐中还欠缺点儿什么。他很想参加战斗，让子弹讲话。可惜的是，公社也跟帝国一样，参谋部不常上火线。可怜的卡都尔，除了跑跑军务和参加检阅，他就待在旺多姆广场上，或者国防部的院子里，这种混乱不堪的营地，到处是随时能取酒的大酒桶、打开的肥油大桶，以及还能让人感到胡吃海塞的露天残宴。卡都尔是个虔诚的穆斯林教徒，当然不会参加这种宴饮，只是躲在一旁，安安静静，非常有节制，在角落里小净，吃一把粗米粉团，敲一曲德布卡之后，就缠上头巾，躺在篝火旁边的台阶上睡觉。

5月的一天早晨，这名阿尔及利亚步兵被骇人的乱枪声惊醒。国防部就像炸了锅，人人都在奔跑，逃窜。他也像别人那样，机械地跳上马，紧紧跟随参谋部。发狂的军号声响彻大街小巷，部队溃不成军。有人掀起马路的石头，开始筑街垒。显而易见，发生了异乎寻常的事件……越临近河滨路，枪声越清晰，喧嚣声也越大。到了协和大桥，卡都尔与参谋部走散了。再往前没走多远，他的马就被人要走了：那人军帽上有六条杠，十万火急，要赶到市政厅了解情况。卡都尔气急败坏，便朝战斗的方向奔跑，边跑边给步枪上子弹，嘴里还咕哝着："干掉普鲁士人……"因为，他一直以为是普鲁士人攻进城里来了。子弹已经在埃及方尖纪念碑周围呼啸，在土伊勒里宫公园的树木枝叶间呼啸。到了里沃利大

公社的阿尔及利亚步兵　37

街的街垒，弗卢朗的复仇者喊他："喂！阿尔及利亚步兵！阿尔及利亚步兵！……"他们只剩下十二人了。不过，卡都尔一人就能顶一支军队。

他挺立在街垒上，就像一面旗帜，又自豪又鲜明。他又蹦又跳，又喊又叫，冒着枪林弹雨作战。在射击的间歇，从地面升起的烟幕有一阵工夫散开一点儿，他望见聚集在香榭丽舍大街上的士兵穿着红裤子，继而又全模糊不清了。他以为自己看花眼了，便更加猛烈地射击。

突然，街垒沉默了。最后一名炮手放了最后一炮就逃走了。阿尔及利亚步兵却坚守在那里，他一丝不苟地校正了刺刀，在原地埋伏，等待尖顶头盔出现，随时准备冲上去……敌人列队逼近！……在冲锋的沉浊的脚步声中，军官们高喊：

"投降吧！……"

阿尔及利亚步兵一时惊呆了，接着就把枪举向空中：

"法军，法军！……"

他那野蛮人的头脑，隐约想象是解放的部队来了，是巴黎人盼望已久的费德尔布①或尚齐②的部队来了。因此他兴高采烈，冲他们笑得露出了白牙！……刹那间，街垒被占领了。那些士兵围上来，对他又推又搡。

"给我们瞧瞧你的枪。"

他的枪还热乎。

"给我们瞧瞧你的手。"

他的双手被火药熏黑了。这名阿尔及利亚士兵一直和善地笑

---

① 路易·费德尔布(1818—1889)，法国将军，1870 年任北方部队司令。
② 阿尔弗雷德·尚齐(1823—1883)，法国将军，1871 年任卢瓦尔第二军司令。

着，自豪地伸出双手给人家看。那些士兵见了，就把他推到一堵墙根下，"砰！"……

他送了命，还根本不知道是怎么回事……

拉雪兹神父公墓战役

墓地看守笑起来：

"打仗，在这里？……这里可从来没有打过仗呀。是报纸编造出来的……事情的经过不过如此。22 号是个星期天，那天傍晚，我们看见来了三十来名公社的炮兵，带来几门七厘米口径的大炮和一挺新式机关枪。他们选择墓地的最高点作为阵地，那一片正巧归我管，因此是我接待的他们。他们的机关枪就架在小径的这一角，离我的看守亭不远；他们的大炮架在这块土坪上，地势稍低点儿。他们一到，就逼着我打开好几间小祭室。我还以为他们要把里面的物品全砸了，全抢光了。可是，他们的长官却整顿了秩序，他站在他们中间，简短讲了几句：

"'无论哪个猪猡，敢碰一碰什么东西，我就把他的脑袋打开花……解散！……'

"带队的是个老头儿，白发苍苍，胸前佩戴着克里米亚和意大利勋章，看样子不是个好打交道的人。他的手下可不敢把他的话当作耳旁风，我也应当说句公道话，墓地里的东西他们什么也没有拿，就连莫尔尼公爵墓上的那个价值两千法郎的十字架，也没有动一动。

"公社的这些炮手，就是一帮普通百姓，临时拼凑起来的，他们也没有别的想头儿，花完他们的高额军饷三个半法郎，就算完事儿……他们在这墓地过的日子,真应该瞧一瞧!他们扎堆儿睡在莫尔尼和法夫罗娜的墓室里——皇帝①的奶母法夫罗娜的墓修得十分漂亮。他们将酒放到有泉水的尚坡②的墓室,以便保持清凉。还有,他们弄来女人,整夜喝酒,大吃大喝。嘿!我敢说,葬在这里的人,肯定听到不少酒后的胡话。

"这些强盗,尽管笨手笨脚,还是给巴黎造成很大的危害。他们的阵地位置十分优越。不时他们就命令开炮:

"'朝卢浮宫开炮……朝故宫开炮。'

"于是,老队长校正炮口,燃烧弹就飞越城市上空。下面的街区发生了什么情况,我们谁也不得其详,只听见密集的枪声逐渐逼近,可是,这些公社战士并不在意。由肖蒙高地、蒙马特尔高地、拉雪兹神父公墓的交叉炮火封锁,他们认为凡尔赛部队不可能往前推进。不过,海军登上蒙马特尔高地,朝我们射来第一发炮弹,才使他们清醒过来。

"他们万万没有料到!

"当时,我本人也在他们中间,正靠着莫尔尼的墓抽烟斗呢。听见炮弹飞来了,我刚刚来得及卧倒。起初,我们这儿的炮手还以为是误射,或哪个战友喝醉了胡闹……哼,玩去吧!过了五分钟,蒙马特尔那边又一闪亮,又一发炮弹射来,同头一发一样,从天而降到我们头上。这下子,我们这儿的炮手撒腿就跑,丢下火炮和机关枪不管了。他们觉得这墓地还不够大。他们连声高喊:

"'我们被人出卖了……我们被人出卖了……'

"只有老队长一人坚守,他不顾炮击,活像一个魔鬼,在他的

---

① 指拿破仑三世。
② 纪尧姆·德·尚坡(11世纪中叶—1121),法国经院哲学家。

大炮之间东奔西跑,眼看着他的炮手们丢下他跑掉,气得他流下了眼泪。

"然而,傍晚时分,到了发饷的时间,有几个回来找他了。喏!先生,您瞧瞧我这看守亭上,还记着那天傍晚来领饷的人的名字。老队长边喊名字边写下来:

"'西丹,到;舒戴拉,到;比约、沃隆……'

"喏,您看到了,只剩下四五个人了……噢!发饷的那天晚上,我一辈子也忘不了……从高地往下看,巴黎在燃烧,市政府、巴黎图书馆、装满粮食的谷仓,都火光冲天,从拉雪兹神父公墓望过去,就像白天一样清楚。公社战士还想重新发炮还击,但是人手不多,而且蒙马特尔高地方面也令他们胆战心惊。于是,他们又躲进墓室,又开始同他们带来的女人喝酒,唱歌。老队长留在法夫罗娜墓门前,坐在两个高大的石像之间,一脸凶相,望着大火熊熊的巴黎。看样子他已料到这是他最后一夜了。

"从那以后,情况我就不大清楚了。我回家去了,您看得见,就是那边的小木棚,在那树枝中间。当时我很累,没有脱衣服就躺到床上,灯也一直点着,就像夜里有暴风雨那样……突然,有人紧急敲门。我妻子浑身发抖,前去开门。我们原以为还是那些公社战士……进来的却是海军。一位指挥官、几名尉官、一名医生。他们对我说:

"'起来吧……给我们烧点儿咖啡。'

"我下了床,给他们弄咖啡。听得见墓地有人窃窃私语,隐隐约约有人活动的声音,真好像死者全醒来,要通过最后的审判。军官们就站着很快喝完咖啡,然后带我一起出去。

"外面站满了士兵、水兵。军官让我带着一个班的士兵,开始搜查墓地,一个坟墓一个坟墓地过一遍。士兵们不时发现草木晃动，就朝一条小径、一尊半身雕像、一处栅栏开枪。他们有时在这儿，有时在那儿，搜出躲在小祭室角落的倒霉家伙。搜出来的，也就活不长了……我这儿的那些炮手，就是这种下场。我看到他们全在我的亭子前，挤成一堆，有男人，有女人，还有戴勋章的那位老者。在凌晨的微光中，看见他们可真不是件开心的事儿……哎呀呀……不过，我看着最揪心的，还是长长一排国民自卫队士兵。他们在罗凯特监狱过的夜，天要亮时也押到这里。他们沿着墓地的中心甬道上坡，脚步特别迟缓，如同送葬的队列。听不见一句话，听不见一声哀叹。那些不幸的人简直累坏了，简直饿坏了！有的人还边走边睡觉，死到临头也醒不过来。他们被押到墓地最里端，然后一阵射击。他们总共一百四十七人。您想想看，这要持续多长时间……这就是所谓的拉雪兹神父公墓之战……"

这位老兄说到此处，忽然看见他的管事，便立刻离开我。我独自留下，观看老队长借着巴黎大火的火光，写在亭上最后一次领军饷的炮手名字。我的脑海便浮现这炮火连天、被鲜血和大火染红的5月之夜：这一大片凄清的墓地，像过节的城市一般，被火光映得通明透亮；在十字路口丢弃的大炮周围，室门洞开的墓穴里曾经狂饮作乐；而离这里不远处，宽额大眼的巴尔扎克半身雕像，在密集的墓室圆顶、石柱和在跳动的火光中活起来的石像中，一直注视这里发生的一切。

小馅饼

一

这是个星期日上午,图雷纳街的糕点铺老板苏罗叫来小伙计,吩咐道:

"喏,这是波尼卡尔先生定的小馅饼……你给送去,赶快回来……凡尔赛军队好像已经打进城了。"

小家伙对政治一窍不通,他将热乎乎的馅饼放进保温模子里,再用一条白毛巾包住,整个儿稳稳顶在帽子上,便朝波尼卡尔先生居住的圣路易岛飞快跑去。5月的这天上午,天气特别好,阳光灿烂,给花店装满了一捆捆丁香花和一束束樱桃花。尽管远处传来枪声,街头巷尾吹响了军号,但沼泽地整个老街区却一直保持安定清静。甚至还洋溢着节日的气氛:有的孩子在深院里跳轮舞,大一点儿的姑娘在门前打羽毛球,还有这个小小的白色身影,在马路中间小步快跑,一路散发着热乎的馅饼的香味,更是给这战斗的早晨增添几分天真的和节日的情调。整个街区的繁忙景象,似乎都展现在里沃利大街。有人拖着大炮,有人修筑街垒,每走一步,都碰到人群、忙碌的国民卫队。然而,糕点铺的这个小伙计一点儿也不昏头。他这种孩子,在喧闹的大街和人群中穿行,已经习以为常了!也正是到了节庆和热闹的日子,在新年元旦、封斋节前的礼拜天大街上车水马龙、水泄不通的时候，他们要跑的路才最多。因此，他们见到革命的场面并不觉得奇怪。

小白帽钻在军帽和刺刀中间，寻路前进，它可爱地左摇右摆以免撞着，时而跑得很快，时而又不得不放慢速度，但还是能让人感到要快跑的强烈愿望。这情景煞是好看。打仗，这跟他有什么关系！最主要的还是正午准时赶到波尼卡尔家，再一把抓走在门厅小桌子上等着他的小费。

忽然，人群一阵剧烈的拥挤：共和国收养的孤儿唱着歌，列队跑步通过。他们都是十二岁到十五岁的男孩儿，都身背步枪，腰扎红皮带，脚穿大靴子，一副滑稽的打扮，装成士兵的那种得意劲头，赛过参加狂欢节时的心情；他们头戴纸帽，撑着粉红色破阳伞，跟着队列在泥泞的大马路上奔跑。可是这一次拥挤得特别厉害，糕点铺的小伙计费了好大劲儿保持平衡。须知他带着保温模子在冰上滑过多少次，在人行道上也像跳房子似的闪跳过多少回。小馅饼总是有惊无险。然而倒霉的是，这种欢乐的场面、这些红皮带，引起小伙计的赞叹和好奇，使他产生渴望，要跟随这样漂亮的队伍走一段。这一走就收不住，不觉过了市政厅的圣路易岛的桥，他不知道在飞扬的尘土和这阵狂跑中，自己被裹到哪里去了。

二

波尼卡尔一家礼拜天吃小馅饼的习惯，算起来至少也有二十五个年头了。12 点整，大大小小全家人，聚集在客厅里，一听见轻快的门铃声，大家就异口同声地说：

"哈！送馅饼的来了。"

于是，大家都动起来：挪动椅子的声响、节日礼服的窸窸窣窣声、孩子站在摆好的餐桌前的欢笑，这个有产者家庭的全体成员高高兴兴，围着整齐码在银暖锅上的小馅饼坐下。

然而这一天，门铃变成了哑巴。波尼卡尔先生十分气愤，总看他那只座钟。那只老座钟由一只制成标本的苍鹭驮着，走时从未快过，也没有慢过。孩子们站在玻璃窗前打呵欠，窥视着送馅饼的小伙计通常拐过来的街角。时钟敲响十二下，声声唤起饥饿感，他们便觉得餐厅又宽大，又凄清了，尽管缎纹台布上已经摆好亮晶晶的古老银餐具，四周也摆好叠成直挺挺白色小角的餐巾。

老女仆过来好几次，在主人的耳边说话……肉烤焦了……青豆煮得太烂了……然而，小馅饼不送到，波尼卡尔先生执意不肯入座。他对苏罗恼火极了，迟迟不送来，真是前所未闻，他决定亲自走一趟，看看到底是怎么回事。他挥动着手杖，气冲冲出门，邻居见了却提醒说：

"要当心，波尼卡尔先生……据说，凡尔赛军队已经打进城了。"

他什么也听不进去，甚至不管从纳伊①沿塞纳河面传来的乱枪声，也不管从市政府厅发射的震撼全街区玻璃窗的警炮。

"哼！这个苏罗……这个苏罗！……"

他气愤得一边奔跑，一边自言自语，就好像自己已经进了糕点铺，用手杖敲击着石板地，震得货柜玻璃和装水果蛋糕的盘子直抖动。路易菲利浦桥的路障，将他的怒气截成两段。那儿有几名公社战士把守，样子很凶，他们正在掀去路石的地面懒洋洋地晒太阳。

"您去哪儿，公民？"

这位公民解释了，然而，小馅饼的故事不免可疑，尤其波尼卡

---

① 纳伊：巴黎西部的一个市镇，现为巴黎城郊区。

尔先生还穿着漂亮的礼服，架着金丝边眼镜，完全是一个老反动派的样子。

"他是个密探，"公社战士说，"应当把他押到里戈[①]那儿去。"

听了这话，四个善良的男子乐得离开街垒，就用枪托推着这个气急败坏的可怜老头，往前走去。

不知道他们是怎么搞的，半小时之后，他们全被正规军逮捕了，加入了要押往凡尔赛的长长的俘虏队列里。波尼卡尔越来越激烈地抗议，举起手杖，他那故事讲了百八十遍。不幸的是，在这样大动乱的日子，编造这种小馅饼的故事，听来十分荒唐，实在令人难以置信，因此，押解的军官只是一笑置之。

"好哇，好哇，老人家……到了凡尔赛您再解释吧。"

香榭丽舍大街还硝烟弥漫，这支俘虏的长列，就由两排轻装兵押解出发了。

三

囚犯们五人一排行进，挤得紧紧的，他们还被迫挽着胳臂，以免队列走散。这支羊群一般的队伍，在尘土飞扬的路上跋涉，杂沓的脚步声赛似一场暴风雨。

波尼卡尔这个倒霉蛋还以为在做梦。他大汗淋漓，呼呼喘着粗气，又害怕又疲惫，人简直傻了，他在队尾拖着沉重的步子，走在两个浑身煤油和烧酒味的老妖婆中间，嘴里还咕咕哝哝，一直在诅咒："糕点铺老板，小馅饼"，周围的人听了还以为他疯了。

[①] 拉乌尔·里戈(1846—1871)，巴黎公社中央委员会委员，公社检察长。1871年5月的"流血周"中，他被凡尔赛分子杀害。

事实上，这可怜的老头也真的昏了头。在上坡下坡的时候，队列稍微松散一些，在滚滚的尘土中，他不是以为看见苏罗糕点铺的那个小伙计的白褂子、无檐软帽吗？这种幻象，一路上出现过十多次！那白色的小小身影，在他眼前闪过，就仿佛嘲弄他一下，又隐没在由军服、罩衫和破衣烂衫汇成的人潮中了。

太阳西沉的时候，他们终于走到凡尔赛。大家看到这个有产阶级老头儿戴着眼镜，衣冠不整，满身尘土，一副惊愕的样子，都一致认为他那副嘴脸像个大坏蛋。有人说：

"他是菲利克斯·皮雅①……不对！他是德莱克吕兹②。"

轻装兵费了好大劲儿，才平安无事，将一队囚犯一直押到橙园。这队可怜的囚犯到了橙园才解散，就地躺下喘口气。他们有的睡觉，有的咒骂，有的咳嗽，有的哭泣。波尼卡尔呢，既不睡觉，也不哭泣，他坐在一个台阶边上，双手抱住头，又羞愧又疲惫，人已饿得大半死了。他回想这倒霉的一天：他从家里出发，那些准备和他进餐的人都惴惴不安，摆好的餐桌可能一直到晚上还等着他，接着他又想到自己所受的屈辱、谩骂，挨了多少枪托的击打，而这一切的起因，就是糕点铺没有及时送货。

"波尼卡尔先生，给您送来了小馅饼！……"他身旁突然有一个声音说道。

老先生抬起头，见是苏罗店铺的小伙计，感到十分惊讶。小伙计是同共和国收养的那些孤儿一道被抓来的，他取出藏在白罩衫里的馅饼模子。就这样，尽管发生骚乱，尽管被看押起来，这个星期天也一如以往的星期天，波尼卡尔先生吃上了小馅饼。

---

① 菲利克斯·皮雅(1810—1889)，法国作家、社会革命家，参加巴黎公社起义。
② 夏尔·德莱克吕兹(1809—1871)，法国记者、社会革命家，参加巴黎公社起义，"流血周"时在街垒上战死。

圣诞故事

沼泽地区的除夕夜宴

马杰特先生在沼泽地区是苏打水制造商。圣诞除夕,他到故宫广场的朋友家守了大半夜,哼哼唱唱地往回家走……圣保罗教堂敲响凌晨2点的钟声。"嘿,还真够晚的啦!"这位老兄嘀咕一句,便加快了脚步。然而铺石路面溜滑,街巷又黑,况且,这种老街区的鬼地方,当初修建时车辆极少,无须考虑行车方便,因此到处都是拐弯抹角、突出来的山墙,门前多设有马垫脚石,走路就快不了,尤其除夕夜餐酒喝多了,两腿不大听使唤,眼前也觉得模糊一片……不过,马杰特先生总算到了家门口,略停一停,只见雕饰的大门上,一个盾形的古老族徽镀金油漆一新,在月光下闪闪发亮,而他已将族徽改成了招牌:

奈蒙公馆
小马杰特
苏打水制造商

在工场的管道设备上,账单票据的抬头,都印上这种字样,给奈蒙的古老族徽增添了光彩。

进了门便是庭院，这座大院空气流通，又宽敞又明亮，白天大门一开，照得整条街都亮起来。庭院往里，有一座非常古老的楼房，墙壁黑乎乎的，各种雕饰精工细作，安有抹圆形的铁阳台、带柱子的石阳台；窗户又高又大，上端有三角楣和顶罩，而窗顶罩一层一层升上去，直到顶楼，就好像房顶套房顶；最后，在房脊的青石板瓦中间，又开了精巧的圆形天窗，周围装饰着花边，看上去就像一面面镜子。楼门前的石台阶很宽大，常年受雨水侵蚀，变成苔绿色了。一株细弱的葡萄藤沿墙爬上去，与顶楼滑轮上垂吊在半空摇曳的绳索，都同样黑，同样弯弯曲曲，整个建筑有一种莫名破败凄凉的豪宅气象……这就是古老的奈蒙公馆。

然而，奈蒙公馆的面貌，到了白天就不一样了。古老的墙壁，到处可见金粉书写的标牌：会计室、货物储存室、车间入口处，因而显得年轻而富有朝气了。行驶的铁道机车震动着大门。职员耳朵上夹着笔，走到台阶接收货物。院子里堆满了货箱、篮子、垫草和包装布，完全给人以置身工场的感觉……可是一到夜晚，这里就一片沉寂，这冬季的月光射到层层的屋瓦上，投下重重的暗影，在这种时候，古老的奈蒙公馆才恢复早年的豪宅气派。阳台无不镶上了花边饰，庭院也扩展了，而破旧的楼梯由明暗不等的灯光映照，看着就像大教堂的暗角、空空的壁龛，损毁的梯阶看着也像一座座祭坛了。

尤其此夜，马杰特先生觉得这所宅院格外宏大。他穿过冷冷清清的院落，听着自己的脚步声不免心惊。楼梯显得特别高，往上攀登也格外吃力。无疑是除夕夜宴的缘故……登上二楼，他站住喘口气，走到窗口。住在古宅，就有这种情调。马杰特先生不是诗人，哦，当然不是。不过，这贵族豪宅的庭院披上一层蓝幽幽的月光，烟囱雪罩下的层层屋顶昏沉沉的样子，这座豪门古宅似已进入梦乡，他望着眼前的景象，忽然萌生到了另一个世界的念头：

"嗯？……不管怎么说，假如奈蒙家族的人回到这世上……"

说话间，忽然门铃声大震。两扇大门訇然中开；风驰电掣一般，气流随即将路灯扑灭。门口的暗地里，响起窸窸窣窣和窃窃私语的声音，持续了几分钟。他们都你拥我挤，争先恐后要进来。果然，仆人进来了，一大批仆人，还有几辆四轮马车，车厢全镶着玻璃，在月光下亮闪闪的；还有几乘晃悠悠的轿子，而在两侧照路的两支火把，碰到门口的穿堂风就燃得更旺了。不大工夫，庭院就挤得满满的。不过，到了台阶前，就不那么混乱了。从马车上下来的人相互问候，边谈话边往里走，就好像他们很熟悉这所楼房。台阶上响起丝绸衣裙的摩擦和佩剑的撞击声。这些人都白发苍苍，扑了厚厚的粉，一点儿光泽也没有。他们说话的声音细弱，但是很清晰，稍微有点发颤；他们的笑声也很轻微，一点儿也不响亮，走路的脚步则轻飘飘的。这些人一个个都很老迈，眼睛暗淡无光，佩戴的首饰都污浊了，挖花的旧丝绸在火把的映照下，色调变幻不定，闪着柔和的光泽，显不出陈旧之色。在这一切上方，飘浮着白粉的薄薄云雾，那是从这些仪容尊贵的发髻发卷散发出去的，而这些尊贵的仪容，则因佩剑和旁边的大筐，稍微显得不自然……很快，楼房的每间屋子都好像有人光顾了。火把在旋梯上上下下，照亮了一扇又一扇窗户，甚至阁楼的天窗也闪现他们节庆和生命的火花。整个奈蒙公馆都灯火通明，就仿佛落日的夕照射到玻璃窗上。

"哎呀！上帝啊！他们要把房子烧啦！……"马杰特先生心中嘀咕。他一下子从惊愕中醒过来，想活动活动麻木的双腿，赶快下楼到庭院里。仆役在院内刚刚点燃一大堆篝火。马杰特先生凑上前去，同他们搭话。可是，那些仆人并不搭理他，只顾在他们之间低声交谈，但奇怪的是，在寒冷的夜色中，他们的嘴没有呼出一点儿

圣诞故事

热气。马杰特先生心中不快,不过有一种情况倒是让他放下心来:这堆熊熊大火非常奇特,火焰冲得极高,却没有热力,只有火光而不灼人。这边没事儿了,老先生又登上台阶,进库房瞧瞧。

　　库房就设在一楼,当年肯定是华丽的会客厅。各处边角还有褪色的镶金残片在闪亮。一些神话题材的壁画,布列在天花板上、镜子周围、房门上方,但是色彩模糊而暗淡了,犹如逝去的岁月的记忆。可惜窗帘帏幔全已摘去,家具一件也不见了。只有一堆堆纸张、一只只装满锡弯头吸管的箱子,以及窗外一株老丁香黑乎乎的干枯枝蔓。马杰特先生一走进库房,就发现灯火通明,满屋都是人。他同人家打招呼,但是没人理睬。女士们身穿缎袄,挽着她们骑士的手臂,继续彬彬有礼地卖俏。有人在走来走去,有人在闲聊,有人聚而复散。所有这些老侯爵真好像是在自己的府邸。一个娇小的身影,停在一幅镶框的画像前,浑身颤抖着说道:"真没想到,这是我呀,我摆在这儿呢!"她微笑着注视一幅狄安娜画像:身材苗条,脸色红润,额头上一道弯月。

　　"奈蒙,过来瞧瞧你们族徽!"

　　奈蒙族徽印在一块包装布上,族徽下有马杰特的名字,大家见了都笑起来:

　　"哈哈!哈哈!……马杰特!……怎么法国还有马杰特①?

　　真是乐趣无穷,一声声巧笑犹如笛声,一根根手指在半空乱摇,一张张嘴呢喃撒娇……

　　突然,有人嚷了一声:

　　"香槟!这是香槟!"

---

① 在法语中,马杰特与"陛下"一词同音同形,故有此打趣之语,等于说:"在共和制的法国,怎么还有陛下呢?"

"不是!……"

"怎么不是!……就是香槟酒……好哇,伯爵夫人,快点儿安排一顿除夕便宴。"

他们把马杰特的苏打水当成了香槟酒,虽然觉得跑了点气,没关系! 他们还是照样喝起来。这些可怜的人小小的身影,看来不胜酒力,喝下这起泡沫的苏打水,就来了精神劲儿,活跃起来,就想跳舞了。于是,组织跳小步舞,奈蒙请来四把小提琴手,演奏起拉摩①的一支乐曲,三连音的曲调轻快中,又显细腻而忧伤。真值得一看:所有这些风流的老太婆,缓慢地扭转腰身,随着音乐的节拍,神态庄严地向舞伴致意。多亏他们的舞姿,她们所戴的首饰,以及镶金边的背心、挖花的衣衫、安有钻石环扣的鞋子,都焕然一新了。就是墙围子听见这古调,似乎也又有了生气。二百年前镶在墙上的古镜,也认出了这些人,它尽管伤疤累累,边角也发黑了,但还是微微透出光亮,映出跳舞的人的形影,而这影像有点朦胧,仿佛被惜旧伤怀的泪光模糊了。在这些风流儒雅的人中间,马杰特先生觉得很不自在,于是他蜷缩到一个货箱后面,目不转睛地看着……

不知不觉中,天渐渐亮了。隔着库房的玻璃门,看得见庭院开始发白了,继而,窗户上半部、客厅的整个一面墙,也都相继明亮了。随着天光来临,那些身影也都重合,隐没了。时过不久,马杰特先生就看见只剩下两把小提琴还滞留在角落里,但是阳光一照就化为乌有了。他还影影绰绰地看到,庭院里有一乘轿子的轮廓、一个缀着蓝宝石的扑了粉的脑袋,以及仆人丢在铺石路面的一支火把的最后亮光,而这时从敞开的大门隆隆驶进的一辆运输车,车轮在街石上辗出的火星,同火把的残余火星相交混了……

---

① 让菲浦·拉摩(1683—1764),法国作曲家。

教皇死了

　　我是在我省一座大城市度过童年的。流经市中心的一条河，将城市分割为二，而河里船只拥挤，一副非常繁忙的景象。我正是在那里，早早就喜欢上旅行，喜欢上水上生活。尤其一座叫圣万桑的天桥附近那处码头，至今我回想起来，还总是激动不已，眼前随即又浮现钉在一根桅桁头上的牌子："科尔索，出租游船。"那里有一条小扶梯，插入水中，因潮湿而发黑，梯级也溜滑。扶梯下面，停着一排小游船，全是新漆过的，色彩非常鲜艳，船尾还有用白漆写的船号：蜂鸟号、燕子号等等。小船轻轻摇荡，相互碰撞，仿佛有了美丽的称号而变得轻飘飘了。

　　河岸斜坡上，正晾着一排刚漆过的长桨，铅白色闪闪发亮。科尔奈老爹手提油漆桶，拿着大刷子，正在走开。他那张脸晒得黝黑，布满深深的皱纹，好似晚风吹过的河面……噢！这位科尔奈老爹！他是我童年的撒旦、我的痛苦的迷恋、我的罪孽、我的悔恨。他运用他的游船，促使我犯下多少罪过！我逃学，卖掉课本。为了划一下午船，还有什么东西我不会卖掉呢？

　　课堂练习本全丢进船舱里，脱掉外套，帽子抛在后面，任河风吹拂我的头发，我用力划着双桨，同时皱起眉头，摆出一副老水手的姿态。穿行市区的时候，我就把船划到河中央，离两岸同样远，因为靠近哪边，我这个老水手都可能被人认出来。在往来穿梭的船只中间划行，我是多么得意啊！多少舢板、木筏、驳船、汽船，彼此擦边而过，相互躲避，间隔只有一道细浪！有些重载的船要掉头，驶入急流中，冲起浪头也使许多船移了位。

突然，会有一艘汽船，轮子击水从我旁边驶过。或者，一个沉重的黑影迎面朝我压来，那是一艘运载苹果船的船头。

"当心，小家伙！"一个沙哑的声音冲我嚷道。

可是我却大汗淋漓，拼命划桨，在河流这种生活的熙熙攘攘中挣扎，而街道的生活通过一座座桥梁，也不断地同河流的生活相交叉，这一座座天桥，将公共马车的影子投到桨叶下面。接近桥洞水流特别急，还有倒流、旋涡，"勾魂"的黑洞！而一个十二岁的少年，全凭自己的手臂，无人给掌舵，在这样险恶的水域里掌握住方向，想想看，这可不是件容易事啊。

有时运气好，遇到拖轮，我就赶紧抓住长长船队的尾部，双桨伸展不动，宛若滑翔的翅膀；我就由拖船带着，无声而快速地行驶，划开长长一条浪沟，而两岸的树木、房屋都朝后面退去。我听见前边很远很远处，螺旋桨搅动水的单调声音，一节拖船上有一条汪汪叫的狗，还望见船上矮烟囱冒出一缕炊烟，这种景象给我一种幻觉：我正长途旅行，过起真正的船上生活。

可惜的是，遇到拖船的机会极少。往往要顶着烈日自己划桨，一划几小时，噢！正午时分，阳光垂直投在河面上，现在我还觉得烤人呢。周围全是火焰，全是反光。漂浮在波浪上面的耀眼而訇然有声的氛围，随着每一下动作都震颤，而我的桨稍微划一下水，水淋淋的纤绳稍微拉起一点儿，都要带出抛光银器般的一片明晃晃的亮光。我闭起眼睛划桨，凭着我用的力气，凭着船下水的流速，有时我真以为船行驶得很快，可是抬起头来一看，岸边还是那棵树，对面还是那堵墙。

我使尽了全身力气，累得汗流浃背，热得满脸通红，终于出了城。洗冷水浴场、洗衣妇的木排和乘客上下船的浮桥越来越远，喧闹声也越来越小了。河面变宽，桥梁显见稀少了。沿岸郊区的几座花园、工厂的烟囱，隔一段就有的倒映在河里。远处几座绿色小岛在颤动。我再也划不动了，只好靠岸，停在刷刷作响的芦苇丛中。烈日晒得人昏昏沉沉，从开满大黄花的水面升起的溽暑蒸人，而我这老水手又疲惫不堪，结果流了鼻血，几小时也止不住。每次划船远游，总是这种下场。有什么办法呢？我就觉得这样快活极了。

说起来，最怵头的，还是回去，回家。我拼命往回划也是枉然，赶到家总是太晚，早就过了放学的时间。太阳落下去了，在暮霭中点亮了第一批路灯，归营的号声传来，这一切都增加了我的恐惧和愧疚。街上行人往回家走，神态多么安详，真叫我羡慕。我急匆匆往回跑，脑袋沉甸甸的，还装满阳光与河水，耳朵里还像听海螺似的嗡嗡作响，到家要编谎话，脸先就红了。

也只能编谎话，每次编一个，好对付横挡在家门口等我的可怕一问："你去哪儿啦？"最令我心惊胆战的，就是一到家的这种审问。人还在楼道里，抬脚要进门的当儿，我就得回答，总是编好了一个故事，总有话说，讲一件特别怪的事儿，特别让人惊讶的事儿，让惊愕打断所有的问题。于是，我就争得了时间进屋，得以喘息。为达到这一步，我什么也在所不惜，编造出悲惨的事件，说是爆发了革命，出了骇人听闻的事，城里烧了一大片，铁路桥坠毁到河中，等等。不过，我觉得编得最邪乎的，还是下面这一次。

那天晚上，我特别晚才回到家。母亲站在楼梯口等我，足足守候一个小时了。

"你到哪儿去啦？"母亲冲我嚷道。

您说说看，一个儿童的脑袋瓜儿里，究竟能装多少鬼名堂。当时我什么也没有想出来，什么也没有准备，回家赶得太急了……突然，我的头脑里闪现出一个荒唐的念头。我知道敬爱的母亲非常虔诚，同罗马女子一样，是个狂热的天主教徒。我显得非常激动，气喘吁吁地回答说：

"噢，妈妈……真不敢让您知道！……"

"什么事儿啊？……又有什么事儿啦？……"

"教皇死了。"

"教皇死了？……"可怜的妈妈重复道。

她脸色刷白，身子一软靠到墙上。我趁势急忙溜进自己的房间，心中还有余悸，自己编了天大的谎话，居然得逞了，不过，我倒是有勇气硬撑到底。我还记得那天晚上家中的气氛，又悲哀又平和：父亲神色极为肃穆，母亲满脸沮丧……在餐桌上，大家说话都压低嗓门儿。我呢，则低垂着眼睛。我逃学的事儿，完全淹没在全家的哀伤情绪中，已经没人去想它了。

家里每人都争着讲一段庇护九世的德行。接着，话题又渐渐移到历代教皇的身上。罗丝姑妈提起庇护七世，说她清清楚楚地记得，在南方看见教皇乘坐驿车，由骑警护卫经过的情景。大家又谈起有皇帝出场的那经典的一幕：喜剧乎！……悲剧乎！……那可怕的场景，我已经听过百八十遍了，总是同样的腔调，总是同样那些动作，在家里代代相传，成为固定的套路，既幼稚可笑，又局限于小圈子，酷似修道院中的故事。

可是不管怎样，我从来没有觉得这个故事如此有趣。

我听他们讲，不时假意地叹口气，还提些问题，装出很感兴趣的样子。可是心里总在嘀咕："明天早晨，他们听说教皇没有死，一定会乐不可支，谁也不会忍心责骂我了。"

我心里这样想,眼睛却不由自主地合上,又幻见那一只只漆成蓝色的小游船,漂浮在溽暑熏蒸的索恩河的角落,而一只只四处乱窜的银蜘蛛的长足,犹如钻石刀尖,在水面玻璃上划出一道道裂纹。

红山鹑的感愤

大家知道，山鹑总是成群结队，一起在垄沟里栖息，稍有风吹草动，他们就惊飞四处逃散，好似一把撒出的种子。我们这一群不仅数量多，而且很快活，在一大片树林边缘的平野定居，从两边都能获取胜利品，都能找到可心的避难所。因此，我羽毛丰满、能够奔跑之后，就吃得胖胖的，生活感到非常幸福。然而，有件事儿颇令我不安：打猎期即将开始，而我们的母亲已经开始窃窃私议了。我们这一群的一个老成员谈起这件事，总是对我说：

"不要怕，红崽儿，"大家这样叫我，因为我的嘴和腿都是花楸果色，"不要怕，红崽儿。开猎那天，我带着你，包你一点事儿也不会有。"

这是一只老公鸡，老奸巨猾，还相当警觉，只是瘦得胸脯隆起来，羽毛也有几处变白了。他年轻时翅膀挨了一粒铅弹，行动就一直有点儿不大灵便，总要考虑一下才肯起飞，不紧不慢，倒是也能避开麻烦。他时常带我到树林边儿上。那里有一所小房子，样子很怪，搭在栗树中间，像一个空洞穴，一点儿响动也没有，门窗总是关得严严的。

"孩子，仔细瞧瞧这房子，"老公鸡对我说道，"你一发现房顶冒了烟，门和窗板都打开了，那么我们就该倒霉了。"

他这话我相信，知道他不止一次看到那房子的门窗打开了。

果然，有一次天蒙蒙亮，我听见谁在垄沟里叫我……

"红崽儿！红崽儿！"

正是那只老公鸡，他的眼神很特别。

"快来，"他对我说，"照我的样子做。"

我还半睡半醒，跟在他身后，在土块儿之间磕磕绊绊，像只老鼠似的，不飞起也不跳跃。我们朝树林方向走去，半路上我就望见那屋的烟囱冒烟了，窗户有亮光，在大敞四开的房门前，站着几个装备好了的猎人，还有几条猎犬围着他们乱蹦乱跳。我们从附近经过时，就听见一个猎人嚷道：

"今天上午就扫荡平原，午饭后再收拾林子里的。"

我这才明白，我这位老伙伴为什么先把我带到大树下。可是，我的心还是怦怦跳起来，尤其想到我们那些可怜的朋友。

就在我们抵达树林边缘时，那些猎犬忽然朝我们方向跑来……

"卧倒！卧倒！"老公鸡对我说，同时他自己也伏下了。

与此同时，离我们十步远的地方，一只鹌鹑吓得张大嘴，惊叫一声，张开翅膀要飞起来。只听一声巨响，一团烟尘就将我们罩住了。那烟尘气味很怪，一片白色，还热乎乎的，尽管太阳刚刚升起来。我的伙伴蜷缩在一棵小橡树后面，我就躲在他身边，我们从树叶缝隙观望动静。

这工夫，田野里也响起一阵乱枪。我完全蒙了，听一声枪响就闭上眼睛。后来，我决定睁开眼睛，看见田野空空如也，猎犬四处奔跑，在乱草中、晾晒的庄稼垛中搜寻，发疯似的打转转。跟在后面的猎人又是咒骂，又是呼唤，猎枪在阳光下闪闪发亮。有一阵工夫，在一小团烟雾中，我似乎看见一些树叶散落下来，尽管那附近并没有树。老公鸡就告诉我那是羽毛。果然，在我们前方一百步的地方，一只漂亮的灰山鹑坠落到田垄上，仰向后面的头流着血。

等太阳升高了，晒得人很热了，枪声便戛然而止。猎人又转身回小屋。屋里已经用干枝生起旺火，听得见噼噼啪啪的声响。他们扛着猎枪，边走边谈论，评点每一枪的准头儿。猎犬跟在后面，舌头都耷拉着，都显得疲惫不堪……

"他们要吃午饭了，"伙伴对我说，"咱们也照吃不误。"

说罢，我们就钻进树林旁边的荞麦田里：一大片黑白相间的荞麦，正开花抽穗，散发着香杏的芬芳。有几只美丽的锦鸡，也在荞麦田里啄食，但是怕被人发现，都低垂着红冠子。哼！他们可不像平时那样神气活现。他们一边啄食，一边向我们打听消息，他们的一个伙伴是否已经给撂倒了。这阵工夫，猎人在用午餐，开始还挺安静，后来就喧闹起来，喧声越来越大，碰杯和开启酒瓶的声音，我们都听得到。老公鸡认为该回到避居之处了。

在这个时候，树林就仿佛睡着了。狍子常去饮水的小水塘，却没有被舌头搅动一下。欧百里香的密丛中，也不见一只兔子探头探脑。不过，周围总让人感到有一种莫名的战栗，每一片树叶、每一根草茎后面，都似乎躲藏着一个受到威胁的生命。林中的这些动物，有洞穴、密丛、柴堆、荆棘、沟壑等很多藏身之处。每次下过雨，林中的沟壑就会长时间积水。老实说，我很想躲进这类洞穴里，可是老公鸡却喜欢留在露天，眼前宽敞，看得远，有什么情况能感觉得出来。我们运气还好，猎人都进了林子。

噢！树林里这第一声枪响，这一枪如同 4 月的大冰雹，打穿多少树叶，在树皮上留下弹痕，我永远也忘不了。一只兔子蹿过路径，它那用足力的爪子，刨起了一簇簇杂草。一只松鼠慌忙溜下栗树，碰掉了还发青的栗果。有两三只肥大的锦鸡吃力地飞起来。这一枪如一阵风，打扰、惊醒并吓坏了林中的所有动物，矮树枝下，枯叶中间乱了一会儿。田鼠纷纷钻进了深洞里。一只鹿角锹甲虫，就从我们匍匐藏身的这棵树的树洞里爬出来,转动着两只惊呆了的大眼睛。还有那些蓝蜻蜓、大熊蜂、蝴蝶等可怜的昆虫,也都惊得四处乱飞……一只猩红色翅膀的小蝗虫,居然飞到我嘴边,然而我自己也吓坏了,顾不上趁它惊恐啄来成为口中餐。

老公鸡始终镇定自若,侧耳倾听枪声和犬吠,一当猎人靠近时,它便示意,我们避开一点儿。脱离猎犬的范围,隐蔽在叶丛中。不过有一次,我还真以为我们完蛋了。当时,我们要穿过的路,两头都有个猎人守住。这边是一个高大的青年,满脸络腮胡子,身上背着子弹袋、火药筒,佩带着猎刀,还有长长的护腿,一直扣到膝盖,人更显得高大了,他每动一下,身上这些金属家伙哗啦啦山响。那边有个小老头儿,靠在树上优哉地吸着烟斗,眯缝着眼睛,仿佛要睡着了。那老头儿我倒觉得不可怕,而这边的大个子……

"你根本不懂,红崽儿。"伙伴笑着对我说。

老公鸡说罢,毫不畏惧,鼓起翅膀,几乎从这个大胡子的可怕猎人的两腿中间飞过去。

情况就是这样,那可怜的家伙打猎设备太多,行动极不灵便,又一心从头到腿地在自我欣赏,等他再举枪瞄向我们,我们已经逃至射程之外了。哼!猎人在林中的角落守候,还以为独自一个,他们哪里知道,有多少小尖嘴巴在暗暗嘲笑他们的笨拙!……

我们逃避,一直在逃避。我也没有什么好办法,只能跟着我的老伙伴。我照着他扑棱翅膀,也随着他缩成一团伏下来。我们所经过的所有地点,如今还浮现在我眼前:那片粉红色的灌木丛,到处是地洞,布列在每棵黄色的树脚下,而前面有一排橡木,好像一大块幕布,我觉得处处都看到埋藏着死亡的危险。还有那条绿油油的小路,多少回母亲带我们一窝小崽儿在那条路上散步,我们边走边跳，啄食爬上我们腿的蚂蚁，还遇见跟母鸡一样又肥又笨的、神气活现而不愿意同我们玩的小锦鸡。

当时我看见我那条小路，恍若在梦中，只见一只牝鹿穿过小路，它细腿高个儿，睁着圆圆的大眼睛，随时准备纵身逃避。继而，我又看见那水塘，我们总是十五六只，三十来只，成群飞来饮水嬉戏，从平原飞来只需一分钟……水塘中央有几株桤木幼树，长得十分茂盛，我们恰恰躲避到这个小岛上。猎犬要找到我们这儿，那得长个灵得出奇的鼻子。我们待在上面不大工夫，一只狍子也赶去了，它拖着一条伤腿，在身后的青苔上留下一条血迹。那情景看着太揪心，我就把头埋在树叶里，但还是能听见受伤而发烧的狍子喘息着喝水的声响……

天色渐晚，枪声也渐远，越来越稀落了。继而，完全沉寂下来……猎杀结束了。于是我们又悄悄回到平野，了解我们那一群的情况。从那小木屋前门经过时，我看到的场面真是骇人听闻。

一条沟沿上放着一溜儿红毛大野兔、白尾小灰兔的尸体，一只挨着一只，死了后合拢爪子，仿佛在求饶，而眼睛则模糊了，仿佛在流泪。接下来是红羽大山鹑、灰羽小山鹑，都像我这老伙伴一样胸脯隆起。还有几只是当年生的，还像我这样没有褪尽胎毛呢。你们知道还有什么比一只鸟更凄惨的吗？翅膀多么富有活力！可是看着这些翅膀缩在一起僵冷了，看着心就不免发颤……地上还有一只漂亮的大狍子，平静地躺着，似乎睡着了，它那红红的小舌头伸出来，仿佛还要舔什么。

猎人都俯身看着这场屠杀的收获，边计数边扯起血淋淋的爪子、折损的翅膀，往猎物口袋里装，丝毫也不体恤所有这些新的伤口。猎犬又都上了颈套，准备上路，可是，它们还抽着鼻子嗅着猎物，就好像准备再次冲进灌木丛中。

红山鹑的感愤

噢！大太阳在那边落下去，他们那帮人和畜生也离去了，一个个疲惫不堪，那身影在土块和晚露打湿的小径上延长。那帮家伙，我不住口地诅咒他们，我多么憎恨他们！……无论我还是我的同伴，谁也没有勇气跟往常那样，向这逝去的一天道一声别。

我们回平野，一路上看见不幸被流弹打死的小动物躺在那里，身上都爬满了蚂蚁：一些田鼠满嘴巴沾满了尘土；一些鹊雀和燕子正飞时中弹跌落，仰卧大地，僵硬了的小爪子，举向入秋降临得快、显得清亮而湿漉漉的夜。最令人感动的，还是听见从树林边和牧场边，从溪流岸边传来的得不到任何回应的一声声焦虑而凄厉的呼唤。

磨坊信札

/ 袁俊生 译

初入磨坊

原来是那些兔子受到了惊吓!……很久以来它们见磨坊的大门总是关着,磨坊内及平台上都长满了杂草,最终以为磨坊的主人早已断了香火,自然觉得这是极佳的生息之地,便把这磨坊整理成一座大本营,一个战略中心:这儿成了兔子们运筹帷幄的好地方……我来到磨坊的那天晚上,足有二十来只兔子在平台上围坐成一圈,真是一点也不夸张,它们借着月光在搓爪子……天窗刚打开一条缝,哧溜一声,这支宿营部队即刻便呈兵败如山倒之势。它们翘着尾巴,露着白白的屁股,向树林里溃逃而去。我真的希望它们能再回来。

还有一个家伙见到我也显得有些惊恐不安,那是一只阴险的老猫头鹰,一副若有所思的样子,它客居在二楼,住在这座磨坊里已有二十多年了。我在楼上的房间里发现了它,它一动不动端端正正地栖息在风车的动力轴上,四周满是泥灰和塌落下来的瓦砾。它瞪着圆圆的眼睛,盯了我一会儿,认不出我是谁,便惊愕地"呜,呜"叫起来,并艰难地抖动那沾满灰尘的灰色翅膀。这个讨厌的沉思者,竟然从不洗刷自己的羽毛……这倒也无所谓,它那副沉思的样子,眨动的双眼,略带愠色的面容真的讨我喜欢,我喜爱这只不声不响的猫头鹰,远胜于其他寄居者,于是便迫不及待地延长了它的寄居期。它依然像过去一样占据着磨坊的顶层,从屋顶的天窗自由出入。我把楼下的房间留给自己，这是一间四壁用石灰刷白、低矮的拱顶小屋，就像修道院的食堂一样。

我就在这间小屋里给你写信，房门大敞四开，沐浴在明媚的阳光下。

一片美丽的松树林在阳光下油光闪亮，更显得郁郁葱葱，它从我面前一直延伸到山坡脚下。远在天际的阿尔卑斯山清晰地勾勒出那精美的顶峰……万籁俱寂……只有从远处隐隐约约飘来阵阵短笛声、杓鹬在薰衣草丛中的啾鸣，还有大路上骡队的铃铛声……普罗旺斯省这诗情画意般的景色正是在阳光下才显得生机勃勃。

那么，到如今，你们那嘈杂昏暗的巴黎又有什么值得我惋惜的呢？我在这座磨坊里真是惬意极了！我过去一直在寻找的这座世外桃源真是美极了，它远离尘嚣，远离车马，远离浓雾；它是那么馥郁，那么温馨！……我周围有那么多美妙的事物！我到这儿来才一个星期，可我的脑海里已填满了种种印象和回忆……对了！就在昨天傍晚时分，我亲眼目睹了羊群返回山脚下农庄的盛况。我发誓！这种壮观的场面在巴黎绝对看不到，你拿这周巴黎上演的所有剧目跟我交换，我都不换给你。你体会体会吧。

应该告诉你，在普罗旺斯，天一热，人们便把牲畜赶进阿尔卑斯山，这已成为一种习惯。牧人和牲畜要在山上待五六个月，风餐露宿，卧在齐腰深的草丛中，到深秋凉意起时，他们便从山上返回农庄，在散发着迷迭香气的灰灰的山冈上，让牲畜尽情地啃吃秋草……昨天傍晚，正是羊群返回家乡的场面。一大早，羊圈的两扇大门就打开了。每间羊舍里都铺上了新鲜的干草。人们不时念叨着："他们这会儿到了埃吉耶尔，现在他们到巴拉杜了。"黄昏时分，突然传来喊声："他们回来了！"只见远处一大群羊在飞扬的尘土中雄赳赳地向前迈进。整条大路似乎都在随着羊群流动……老公羊走在最前面，犄角朝前方刺着，样子十分凶猛；紧随其后的是一大群绵羊，羊妈妈显得有些疲倦，小绵羊寸步不离地跟着母亲；头顶红色绒球的大骡子背驮着筐，里面放着刚刚出生的小羊羔，它们随着骡子的步伐晃来晃去，就像睡在摇篮里；再后面是热得吐着长舌头的牧羊犬；两个高大的牧羊人活像两个调皮鬼，身披深棕色的粗斜纹呢大衣，一直拖到脚后跟，就像披着庆典时穿的长袍一样。

这一大群羊快活地从我们面前经过，涌进羊圈的大门，隆隆的蹄声就像一阵倾盆而下的暴雨……而家中的气氛又是何等的热闹呀。几只身披翠绿羽衣、点缀着金色羽毛的大孔雀，头顶罗纱般的羽冠，栖息在高处，认出久违的羊群，发出号鸣般的叫声来欢迎它们。已进入梦乡的家禽猛然被惊醒了。鸽子、鸭子、火鸡、珠鸡等所有的家禽都站了起来。整个禽棚都沸腾了，母鸡们准备咕咕不停地说上一个晚上！……绵羊身上依然带着阿尔卑斯山的芳香，仿佛每只绵羊的绒毛里都裹着高山上充满活力的气息，让它们陶醉、欢舞。

在这一片喧闹声中，羊群返回各自的圈中。没有什么能比回家更可爱。老公羊又因见到了食槽而激动不已。所有的小羊羔，所有那些在牧途中降生的羊羔，过去从未见过农庄的模样，看着周围的一切不免有些惊讶。

然而，最让人心动的是那些牧羊犬，这些牧羊人的帮手，追前跑后地紧随着羊群，在农庄里也只看护羊群。在羊未入圈，栅栏门未插，牧羊人未用餐前，不管看家狗在它的窝里怎么呼唤它们，不管装满清澈井水的水桶怎么向它们示意，它们都充耳不闻，视而不见。只待诸事完毕之后，它们才心安理得地回到窝里，一边舔吃盆里的菜汤，一边向农庄里的伙伴们讲述它们在高山上所做的一切，那是一片阴暗的地方，有狼群出没，还有长得高大的紫色的毛地黄，叶上的露珠真是晶莹剔透。

波凯尔的驿车 ①

我到这儿的那一天,乘坐的是波凯尔的驿车,那是一辆老掉牙的简陋的公共马车,每天收车之前也走不了多远的路,可它却沿着大路晃哉优哉地走着,一直磨蹭到傍晚,就为做出从很远的地方赶回来的样子。不算车夫,搭车的共有五个人。

一位是卡马尔格的看门人,他个子不高,胖乎乎的,长着一身体毛,倒更像一只野兽,两只大眼充满血丝,耳朵上戴着银耳环。另外两位是波凯尔人:面包师和他的揉面工,两人都是红脸膛,大口地喘着粗气,但他们的侧面倒很英俊,活脱两枚印着维特留斯②头像的古罗马勋章。还有一位坐在车前,紧挨着车夫,一个⋯⋯人,不!倒不如说是一项帽子,一项用兔毛制作的大帽子,他一言不发,只是神色忧郁地盯着前面的大路。

这几个人彼此相识,他们无拘无束地高声谈着自己的事。那位卡马尔格人说他刚从尼姆回来,因用长叉扎伤一位牧羊人而受到预审员的传讯。卡马尔格人很容易发火⋯⋯而波凯尔人也好不到哪儿去!那两位波凯尔人在谈论圣母时,不正想把对方卡死吗?面包师所在的教区好像很久以来一直信奉那怀里抱着圣婴耶稣的玛利亚,

---

① 本文最初发表于 1868 年 10 月 16 日的《费加罗报》上。——原注
② 维特留斯(15—69),古罗马皇帝。

普罗旺斯人称她为"仁慈的圣母"。揉面工则与他相反,在一所新教堂的唱诗班里唱歌,新教堂供奉的是无玷始胎的圣母,画像上的圣母眉清目秀,面露微笑,双臂下垂,双手放出无限的光芒;这正是争论的起因,应该看看这两位虔诚的天主教徒是如何对待对方和他们的圣母的:

"你那无玷始胎圣母真够漂亮的!"

"你和你那'仁慈的圣母'见鬼去吧!"

"在巴勒斯坦,你那圣母行为可不怎么端正!"

"嘿!瞧瞧你那丑陋的圣母吧!谁知道她都干了些什么……还是去问问圣约瑟吧。"

为了让对方信服他们曾到过那不勒斯港,两人差点动了刀子。说真的,要不是车夫出面干预,我觉得这场有关神学的争论真得靠武力来收场了。

"别拿你们的圣母来烦我们了。"车夫笑着对波凯尔人说,"这都是女人的事,男人根本就不该跟着瞎掺和。"

说着,他甩了一个响鞭,脸上露出一丝不信教的神色,让大家都默认了他的主张。

争论到底是结束了,可面包师正在兴头上,不把他自己那点激情宣泄出去,他是不甘罢休的。他朝那位戴帽子的人转过身去,这人可怜巴巴地缩在驿车的一角里,神情忧郁,默默不语,面包师用一种挖苦人的语气对他说:

"喂!磨刀匠,你媳妇呢?……她倾向于哪个堂区呢?"

看来这句话肯定是有非常滑稽的隐意,因为整车人都哄堂大笑起来……可磨刀匠却没有笑,他似乎什么也没听见。见此情景,面包师又转身对我说:

"先生,您不认识她媳妇吧?那可是一个怪女人!在波凯尔找不出第二个像她那样的女人。"

又是一阵哄堂大笑,磨刀匠一动不动,连头也不抬,只是低声说道:

"面包师,住嘴吧。"

但这该死的面包师根本不想闭嘴,而且说得更起劲了:

"蠢猪!咱们的伙伴才不会抱怨娶这么个女人呢,跟她在一起,任何烦恼都不会有……您想想,每隔半年就被人拐走一次的美人,她回来的时候,不总得有好多新鲜事要对您说吗……不管怎样,这可是奇怪的小两口……先生,您想想,他们结婚还不到一年,嘿!这女人就跟着一个卖巧克力的跑到西班牙去了。

"丈夫被孤零零地甩在家里,哭闹,酗酒……像疯了似的。过了一段时间,美人回来了,身着西班牙服装,还带回一只小铃鼓。大家都对她说:

"'快躲起来吧,他会杀死你的。'

"要杀她,哼?!没那么回事,他们又相安无事地生活在一起了,她还教他敲巴斯克鼓呢。"

车上的人再次哄然大笑起来。磨刀匠待在角落里,依然未抬头,口中喃喃道:

"面包师,别说了。"

面包师就当没听见一样,接着往下说:

"先生,您大概认为,美人从西班牙回来就该安分守己了吧……咳,别提了,她丈夫可真沉得住气!她又想和别人私奔了。跟西班牙人跑了之后,又换成了军官,接下来是罗讷河上的一名船员,再后来是名乐师,再往后……谁知道会是什么人?奇妙的是,每次都像是一场闹剧。媳妇私奔了,丈夫大吵大闹;她回来了,他也就安心了。可总有人把她拐走,他又总能把她拢回到身边……您觉得这丈夫是不是特有耐心？坦率地讲，这位娇小的磨刀匠夫人长得确实漂亮……就像一只红雀：活泼、娇美、身材匀称。这还不够味，她那白皙的皮肤，浅褐色的双眼，总是微笑着瞅着男人……真的，巴黎人，您哪天要是经过波凯尔……"

"喂！面包师，你住嘴吧，求你了……"可怜的磨刀匠用凄切的语调再次哀求道。

就在这时，驿车停了下来。我们到了昂格洛尔家的农庄。那两位波凯尔人就在这儿下车，我发誓决不想留住他们……那个面包师可真会戏弄人！他已走进了农庄大院，可他那笑声却还未停下来。

那两个家伙下车后，车内就像空了一样。卡马尔格人在阿尔勒下了车，车夫也下了车，与驿车并肩走在大路上……车上只剩下我和磨刀匠，我们各守一方，相对无言。天气很热，皮制的车篷顶被烤得火烫。我不时觉得双眼睁不开，头也变得沉重起来，可就是睡不着。"住嘴吧，我求你了。"这如此悲伤、如此温和的呼唤始终在我耳边回荡……

他也一样，可怜的人！他也睡不着。向他的背影望去，我见他那宽阔的双肩在抽搐，他的手，一只苍白而又笨拙的手，扶在椅背上颤抖着，倒更像一只老人的手。他在哭泣……

"巴黎人，您到了！"车夫突然冲我喊了一声，他用鞭子将那座绿色的山冈指给我，伫立在山冈上的磨坊风车就像一只巨大的蝴蝶。

我赶紧下车。从磨刀匠身边经过时，我竭力往那顶大帽子下面瞧，真想在离去之前看清他的面孔。这个倒霉蛋似乎猜透了我的心思，猛然抬起头，两眼直盯盯地瞧着我。

"朋友，您仔细瞧瞧我。"他用低沉的嗓音对我说，"将来哪天在波凯尔出了事，您可以说知道这事是谁干的。"

这是一张阴沉忧郁的面孔，一双不大的眼睛显得十分憔悴，眼中噙着泪花，但在他那低沉的嗓音中却充满了仇恨。仇恨正是弱者发怒的表示！……我要是磨刀匠的媳妇，一定会提防着……

高尔尼师傅的秘密[①]

　　弗朗塞·玛玛伊，一位吹短笛的老艺人，不时到我家来闲坐聊天。一天晚上，他一边喝着烧酒，一边向我讲述了发生在这一带的一场小悲剧，我这磨坊二十年前还是这场悲剧的见证人呢。这位老好人的故事让我感慨万分，我试着把这个故事原原本本地讲给你们听。

　　亲爱的读者，您想想看，坐在一壶醇厚、香馥的美酒前，聆听饱经风霜的短笛老艺人讲故事该多么惬意。

　　先生，我们这个地区过去可不像现在这么死气沉沉、毫无生气。那会儿，这里的面粉生意极红火，方圆几十里的村民都把麦子送到这里磨成面粉……村子四周的山冈上到处都是磨坊的风车，不管朝哪个方向望，抬眼便能看见风车的叶翼在松树林上方随风旋转；一列接一列小驴队驮着口袋沿山间小路上上下下；平日每天都能听到山冈上传来的鞭子声，叶翼上帆布的撕裂声，还有磨坊帮工的劳动号子声；听着这热闹的声响，真是一种享受……一到星期天，我们便成群结伙来到磨坊。山冈上的磨坊主们拿出白葡萄酒来款待我们，磨坊主妇们个个都长得十分漂亮，像高贵的皇后一样，那镶着花边的包头巾和纯金的十字架首饰使她们更加楚楚动

[①] 本文最初发表于1866年10月20日的《事件报》上。——原注

人。我随身带着短笛，大家跳起了法朗多拉舞，一直跳到深夜。您瞧，这些磨坊给我们这个地区带来了欢乐和财富。

不幸的是，巴黎来的法国人却打算在达拉斯贡大路旁建一座蒸汽动力的面粉厂。新东西总是好的嘛。人们开始习惯把麦子送到面粉厂去，风力磨坊也就没活干了。有一段时间，风力磨坊还试图与面粉厂一决雌雄，但蒸汽的力量太强大了。说来可怜呀！所有的磨坊先后都被挤垮了……再也看不见那些小驴队了……漂亮的磨坊主妇们卖掉了她们的金十字首饰……白葡萄酒喝不着了！法朗多拉舞也没法跳了！西北风依然呼呼地刮着，可风车的翼叶却再也转不起来了……后来，有那么一天，镇政府下令拆除那些破磨坊，在原地种上了葡萄和橄榄树。

然而，在这场劫难之中，只有一间磨坊傲然挺立，在面粉厂的眼皮底下，在小山冈上继续顽强地转动着。这就是高尔尼师傅的磨坊，正是此时此刻我们在此聊天的这间磨坊。

高尔尼师傅是个老磨工，干磨面粉这个行当已经六十年了，对他当时所处的境况气恼得要命。一家接一家的蒸汽面粉厂开了张，把他简直气疯了。一周之内，他便跑遍了整个村子，把大家伙儿都聚集在自己周围，鼓足了劲冲大家喊，称有人要用面粉厂磨出的面来毒害普罗旺斯人："都别到那儿去磨面，那帮强盗，居然要用蒸汽做面包，蒸汽是什么，那是魔鬼发明的东西。而我呢，是靠西北风和北风磨面，那可是仁慈的上帝吹的气呀……"类似这种称颂风力磨坊的话，他还能编出许多来，但没有人肯听他的。

这可把老汉气坏了，他把自己关在磨坊里离群索居，就像一头不合群的困兽。他甚至不愿意将孙女维瓦特留在身边，这孩子才十五岁，自从她父母去世后，在这个世界上爷爷就是她唯一的亲人了。可怜的小姑娘迫于无奈只得自己谋生，到各处的农庄去打工，收割、养蚕、采摘橄榄，什么农活都干。可她祖父看上去确实十分疼爱她，他常常顶着烈日，徒步走上十几里路到她干活的农庄去看她。待来到她身边时，他一边看着她，一边落泪，不惜待上几个小时瞧着她……

在这个地区，大家认为老磨工是出于吝啬才把孙女打发走的，让他孙女到一个接一个的农庄里去卖苦力，还要受农庄主的欺辱，饱受打工妹的种种苦难，这无疑使老汉丢尽了脸面。更让人无法接受的是，像高尔尼师傅这么有名望的人，过去一直受人尊敬，可现在居然赤着脚，戴着破帽子，腰束一条烂腰带，在大街上到处闲逛，倒像个吉卜赛人……说真的，一到星期天，见他那副模样进教堂做弥撒，我们这些老伙伴都为他感到脸红，高尔尼自己也感觉到了，从此也就不敢再坐到堂区管委的专座上了。他总是坐在教堂的最后边，靠近圣水缸，和穷人们在一起。

在高尔尼师傅的生活里，有件事总让人琢磨不透，村子里已经很长时间没人给他送麦子磨了，可他那磨坊的风车依然像往常一样旋转着。傍晚时分，人们总能在山间小路上碰到老磨工，他正赶着驴运面粉呢。

"晚上好，高尔尼师傅！"农民们和他打着招呼，"磨坊的生意还那么好？"

"是的，孩子们，"老汉快活地答道，"感谢上帝，我这儿还不缺活干。"

这时，要是有人问他从什么鬼地方揽来这么多活，他便将手指放在嘴唇上，一本正经地答道："别声张！我这是在给出口加工呢……"除此之外，人们再也甭想套出更多的话。

你要想迈进他的磨坊，趁早死了那份心吧，就连小维瓦特都进不去……

人们从他的磨坊前经过时，那大门总是紧闭着，而风车那巨大的叶翼总在不停地转着，那头老驴啃着平地上的青草，一只瘦骨嶙峋的大猫在窗台上晒太阳，用恶狠狠的眼光盯着你。

这一切看来极为神秘，也引来说三道四的闲话。每个人都按照自己的方式去解释高尔尼师傅的秘密，但比较一致的说法是在这座磨坊里，装钱的口袋要比装面粉的口袋多。

然而，久而久之，真相便大白于天下，事情是这样的：

我常常用短笛为年轻人跳舞伴奏，在一个风和日丽的日子里，我吹笛伴奏时，发现我的大儿子和小维瓦特相爱了。其实我对此真的不生气，不管怎么说，高尔尼的名字在我们这儿还是受人尊敬的，况且，见维瓦特这只美丽的小鸟在我家蹦来蹦去的，也让我喜在心头。只是这两位恋人常有机会在一起，我担心会出事，便想把这事赶紧定下来。于是，我就来到磨坊，找她爷爷商量一下……咳！这个老能人！你瞧他是怎么接待我的呀！根本就没法让他打开大门，透过锁孔，我勉强对他说明了来意，就在我说话时，那只调皮的瘦猫一直在我头顶上呼噜呼噜地喘着粗气，活像一个恶魔。

老汉不容我把话说完，就粗鲁地冲我大喊大叫，让我趁早回家吹笛子去。还说，要是我急着给儿子娶媳妇，完全可以在面粉厂的女工里给他挑一个……您想想，听了这恶语我是多么恼怒啊，可我毕竟已到知天命之年，硬把火气压了下去，后来我就回去了，把这老疯子一人甩在磨坊里。回到家，我把遭遇讲给孩子们听，这两个可怜的孩子根本不相信这是真的，他们请我恩准他们俩一起再到磨坊去和祖父说一说，我没有勇气拒绝他们，两位恋人抬腿就走了。

当他们赶到山上时，高尔尼师傅刚刚出去，大门上了锁，可这老好人走时却把梯子留在磨坊外面，孩子们见此，马上生出一念：从窗户钻进去，看看这座神秘的磨坊到底在搞什么名堂……

真是怪事一桩！石磨的磨腔竟是空的……磨坊里没有口袋，没有一粒麦子，墙壁上、蜘蛛网上连一丝一毫的面粉都没有，甚至闻不到磨面粉时散发出的那暖暖的香味……风车的传动轴上落满了灰尘，那只大瘦猫正卧在上面睡觉呢。

楼下的那间房同样显得非常凄惨和荒凉：一张简陋的破床，几件破烂衣服，一块面包扔在楼梯上，屋角处堆着三四只破口袋，从破口袋处撒出石灰渣和白灰。

这就是高尔尼师傅的秘密！为了捍卫磨坊的声誉，让人以为磨坊一直在磨面，他每天傍晚在山间小路上运来运去的竟然是一堆石灰渣子！……可怜的磨坊！可怜的高尔尼！面粉厂从他手里夺走最后一笔生意已经很久了，风车依然在旋转，但磨盘却在空转。

孩子们眼泪汪汪地回来向我讲述了他们所见的一切。听着他们的话，我的心如刀剜一般……我片刻不耽搁，马上跑去找左邻右舍，将事情的原委简短地讲给他们听，大家商量好，必须立即将各家所有的库存麦子全部送到高尔尼的磨坊里……说干就干，全村人都上了路，我们赶着一支浩浩荡荡的驴队来到山上，驴背上都驮着麦子，这可是真正的麦子！

磨坊的门大敞四开……高尔尼师傅坐在门前一只装着石灰渣土的口袋上，正抱头痛哭。他刚刚进家门，发觉有人趁他不在家时进了磨坊，戳穿了他这可悲的秘密。

"我好可怜啊！"他说，"现在我只有去死了……磨坊这回可丢脸了。"

他撕心裂肺地哭着，用各种名称呼唤着他的磨坊，就像在和一个活生生的人说话似的。

就在这时，驮着麦子的驴队来到磨坊前的平台处，我们大家一齐使劲地喊着，就像当初磨坊生意红火时那样："喂！磨面的！……喂！高尔尼师傅！"

喊话间，一袋袋的麦子便堆放在门前，黄澄澄的麦粒撒在地上，撒在四处……

高尔尼师傅瞪大了双眼，一把将麦子抓在他那饱经沧桑的手中，破涕为笑，说道："真是麦子呀！……上帝呀！……好麦子啊！让我好好瞧瞧。"

然后转身对我说："我就知道你们会来的……面粉厂商都是窃贼。"我们想把他抬进村里去庆贺一番，他却说：

"不，不，孩子们，我得先喂喂我的磨盘，你们想想看，这磨盘可有多长时间没进食了！"

见这可怜的老汉左右奔忙，我们人人眼里都噙着泪花。他解开口袋，目不转睛地盯着磨盘。麦粒磨碎了，极细的粉屑纷纷扬扬地向顶棚飞去。

我们大家都问心无愧，因为从这一天起，我们从未让老磨工断过活干。后来，有一天早晨，高尔尼师傅去世了，我们这儿最后一座风力磨坊的风车停止了转动，从此就再也转不起来了……高尔尼走了，没有人接任他的工作。先生，这有什么办法呢！在这个世界上，没有不散的宴席，应当相信风力磨坊的时代已一去不复返了，就像罗讷河上的拖船、大花礼服以及大革命前的最高法院一样，永远地消失了。

教皇的骡子[①]

普罗旺斯的农民常用美妙的谚语、成语或格言来修饰他们的话语，但在所有的谚语中，不知哪一个能比下面这个谚语更生动、更奇特。距我的磨坊方圆几十里的地方，当人们议论某人爱记仇、报复心强时，就说："这个人，您要当心！他就像教皇的骡子，尥蹶解仇，七年不晚。"

我用了很长时间去查找这则谚语的起源，查考教皇的骡子和尥蹶七年不晚是怎么回事。这里没人能为我解答这个问题，甚至连老笛手弗朗塞·玛玛伊也无法解答，尽管他对普罗旺斯的各种传说了如指掌。弗朗塞和我的想法一样，这则谚语里肯定隐含着阿维尼翁地区古老的传说，但他只闻谚语，未闻其他。

"您只好到'蝉'图书馆里去查查看。"老笛手笑着对我说。

这个主意倒不错，况且"蝉"图书馆就在我家门口，整整一个星期我都把自己关在图书馆里。

这是一座神奇的图书馆，藏书丰富，昼夜为诗人们开放，一群腰系小钹的图书小管理员为读者服务，整天为你奏乐。在那里的那几天我真的很快乐。经过一周的查询——当然是躺在草地上——我终于找到了我想要的东西，就是那匹骡子和它尥蹶七年不晚的故

[①] 本文最初发表于1868年10月30日的《费加罗报》上。——原注

事。这童话般的故事虽然有些幼稚,却十分有趣。昨天早晨,我在一份蓝天般的手稿中看到了这故事,我要原原本本地讲给你们听,这手稿还散发着干薰衣草的芳香,而那挂在空中的蜘蛛网正是这手稿的书签。

谁要是未见过教皇时代的阿维尼翁城,就等于什么也未见过。城中洋溢着欢乐,到处生机勃勃,热闹非凡。节日的排场更是气势宏大,没有哪座城市能与该城媲美。当时,从早至晚,朝圣者摩肩接踵,各种仪式行列蔚为壮观。街上撒满了鲜花,到处悬着立经挂毯;红衣主教们乘船经罗讷河纷纷到阿维尼翁拜见教皇,双桅战船上彩旗飘扬,教皇的士兵在广场上唱着拉丁赞歌,化缘的修士敲打着木鱼;教皇宫殿四周,一座座房屋鳞次栉比,错落有致;房子里的人忙忙碌碌,发出嗡嗡的响声,好似在蜂房四周飞舞的蜜蜂;那是花边织机的嗒嗒声,为教堂饰物织金线的梭机声,雕花工匠的小锤声,弦乐器制造商的调弦声,纺织女工的歌声,此外还有从高处传来的钟声以及大桥那边不断飘来的隆隆的鼓声。因为在我们这里,人们高兴时就要跳舞,就得让他们跳,可那个时代街道都很窄,在城里根本就无法跳法朗多拉舞,于是笛手和鼓手便站在阿维尼翁大桥上借着罗讷河的清风伴奏,人们在桥上昼夜不停地跳呀,跳呀……啊!多么幸福的时代!多么快乐的城市!战戟早已变钝,没了锋芒。国家监狱成了储酒的好地方。从来未发生过饥馑,也没有过战争……由此可见,孔达王国的教皇多么会管理他们的臣民,而臣民又是多么怀念教皇呀!

然而,最值得大家怀念的教皇是一位善良的老人,叫博尼法斯……咳!这位教皇去世时,阿维尼翁人为他流了多少眼泪呀!这位君主那么和蔼可亲,那么令人爱戴!他在骡背上总是那么慈祥地向你微笑。当你从他身边经过时,不管你是卑贱的捞茜草的穷工人，还是城里的大法官，他都彬彬有礼地为你祝福！真是一个地道的伊夫托教皇，只不过是普罗旺斯的伊夫托。他那微笑中带着几分精明，方形帽上插着一束牛至香草，身上没有佩戴任何饰物，大家都知道，这位和善老人的唯一饰物就是他的葡萄园，一个由他亲手种植的小小的葡萄园，距阿维尼翁城十几里地，在新城堡的香桃木园里。

每个星期天，做完晚祷回来，这位可敬的老人都要去看看他的葡萄园，来到园子里，便坐在和煦的阳光下，骡子立在他身旁，红衣主教们都伏在葡萄根脚下。这时他叫人打开一瓶自酿的葡萄酒，真是色味纯正的好酒，酒液呈红宝石色，从此这种酒就被冠以"教皇新城堡"的大名。他一边小口缓缓地品尝着，一边动情地望着他的葡萄园。然后，一瓶酒喝光了，天也快黑了，他便心满意足地回到城里去，身后跟随着一大群教士。当他经过阿维尼翁大桥时，桥上的人随着鼓乐声在欢快地跳着法朗多拉舞，骡子在音乐的激奋下，也一跳一跳地舞动起来，而教皇自己也用方形帽打着拍子，红衣主教们对此举极为不满，但他却赢得所有臣民的欢呼：

"啊！善良的君主！啊！正直的教皇！"

除了新城堡葡萄园外，在这个世界上，教皇最喜爱的就是他那匹骡子。这位老好人确实很钟爱那畜生，每晚就寝前，他都要去骡厩，看看厩门是否关好，料槽里是否缺少草料。他用完御膳，便唤人给骡子准备一碗法式葡萄酒，再加许多糖和香料，要是不亲眼瞧着备好酒，他不会起身离开餐桌，他亲自将酒端给骡子，尽管主教们对此颇有微词……可也得说，这畜生不枉他的宠爱。这是一匹漂亮的骡子，身上缀着斑斑红点，四蹄稳健，皮毛光亮，臀部宽大、浑圆。它那颗不大的头略显冷酷，又带着几分傲气，头上系着绒球、长结、银铃和丝带，佩戴着这些饰物它显得温顺极了：它的眼

教皇的骡子

睛天真无邪,两只长耳朵总在不停地摇动着,这使它看上去倒像个乖孩子。所有的阿维尼翁人都很敬重它。它上街时,没有人对它非礼,因为大家都知道,这是赢得宫廷好感的最佳方式。而教皇的骡子则面露淳朴的神态,不止为一个人带来好运,狄斯特·韦代纳和他那不可思议的奇遇就是一个明证。

这个狄斯特·韦代纳起初只是个没脸没皮的调皮小子,他父亲吉·韦代纳是个做金器雕刻的手艺人,见他整天不务正业,还把其他学徒都带坏了,便把他赶出了家门。半年之内狄斯特身穿礼服在阿维尼翁城的大街小巷到处闲逛,但主要在教皇宫殿附近溜达,因为这坏蛋一直在打骡子的鬼主意,你们将会看到他那套鬼把戏……有一天,教皇独自一人骑着骡子在城墙脚下散步,狄斯特主动上前攀谈,他双手合十,露出一副恭敬的神态,对教皇说:

"啊!我的上帝!伟大的圣父,您这匹骡子可真棒!让我瞧一眼……啊,教皇,这骡子可真漂亮。德国皇帝也没有这么漂亮的骡子呀。"

接着,他亲切地抚摸着它,对它柔声细气地说着话,就像对待一个小姐那样:

"到这儿来,我的心肝,我的宝贝,我的珍珠……"

善良的教皇深受感动,心中暗自想道:

"这小家伙还真善!……他待我的骡子可真温柔!"

第二天,你们知道发生了什么事?狄斯特·韦代纳脱了他那套黄色的旧礼服,换上一件漂亮的镶花边的白长衣,外套一件紫色的丝绸坎肩,足蹬一双带环扣的皮鞋,走进教皇的儿童唱经班,这个班过去向来只招收贵族子弟和红衣主教的侄子们……这正是狄斯特的诡计,可他并未就此罢休。

一朝混进服侍教皇的圈子,这个坏蛋便继续玩弄他那套把戏,正是这把戏才让他有了今天这职位。他对所有的人都蛮横无理,唯独对这匹骡子关怀备至,体贴入微。要是在宫廷的庭院里碰到他,总能见他手拿一把燕麦或一束岩黄芪,望着教皇的阳台,亲切地摇着手中的饲料,那样子似乎在说:"嘿!……这是给谁的呀?……"功夫不负有心人,最后,善良的教皇感到自己老了,便把照看骡厩以及给骡子送法式葡萄酒的事交给他去做,而红衣主教们对此却极不高兴。

这匹骡子也不高兴……现在,到该喝酒的时候,来了五六个唱经班的小唱童,他们身穿坎肩和花边白袍,敏捷地钻到草堆里。过了一会儿,一股暖暖的焦糖和香料的气味充满了厩舍,接着,狄斯特露面了,他双手小心翼翼地捧着一碗法式葡萄酒,这可怜的牲畜的磨难也就开始了。

它特别喜欢这香馥醇厚的酒,这酒曾给它热量,使它体魄强壮。可现在有人把酒端来了,竟狠心放在料槽里,只让它闻味,等它闻够了,酒就被端走了,你就饱饱眼福吧!这碗如同粉红火焰一样的美酒全都灌到这群淘气鬼的喉咙里了……他们要是只偷它的酒喝,那倒还好了,可这帮小坏蛋喝了酒之后,简直就像魔鬼!……这个揪揪它的耳朵,那个拽拽它的尾巴;吉盖骑到它背上,贝吕盖给它试戴方形帽。这帮捣蛋鬼也不想想,这匹正直的骡子要是一抖腰或一尥蹶子,非把他们抛到北极星上不可,甚至比这还远……但是,它不愧是教皇的骡子,它并未这么做,它为人祝福,待人宽容。无论这帮孩子怎么折腾它,它都不气恼,它只怨恨狄斯特·韦代纳……比如当它感觉到他在自己身后时,它的蹄子就发痒了,其实这也是事出有因。狄斯特这个无赖竟然一次又一次地耍弄它!他狂饮之后竟会想出那么残忍的鬼点子!……

一天，他竟敢牵着骡子去爬唱经班的小钟楼，往上爬，再往上爬，一直爬到宫殿的最高处！……我在此讲的绝不是个童话，二十万普罗旺斯人亲眼目睹了这一奇观。这匹倒霉的骡子在螺旋式的楼梯上盘旋了一小时，又爬了不知多少级台阶，此后猛然出现在阳光炫目的顶台上，距地面高约上百丈，你们想想看，它心里该多么恐惧。它脚下的阿维尼翁城如虚幻一般，市场的木棚房只有核桃那么大，教皇的士兵在营房前如同忙忙碌碌的红蚂蚁。更远处，在一条银线上跨着一座微型小桥，人们在桥上跳舞，尽情地跳着……咳！可怜的骡子！多么恐怖呀！它发出的嘶鸣令宫殿所有的玻璃窗都震颤起来。

"出了什么事？骡子怎么会这样？"善良的教皇一边急匆匆地冲向阳台，一边高声喊道。

狄斯特·韦代纳已经站在庭院内，装出一副哭相，使劲揪着自己的头发：

"唉！伟大的圣父，是这样，您的骡子……我的上帝！这可怎么办呀？您的骡子爬到钟楼上去了。"

"它自己上去的？"

"是的，伟大的圣父，它自己上去的……瞧！您看它在那上面呢……您瞧见它露出的那两只耳朵了吗？……就像两只燕子……"

"天哪！"可怜的教皇抬眼望去，"它真是疯了，它会摔死的……可怜的骡儿，还是下来吧！……"

哎呀！它又何尝不想下来呢……可从哪儿下呢？还从楼梯下，干脆别想，因为爬上来已属不易，要是再走下去，有一百条腿也得摔断了……可怜的骡子感到十分忧伤，它在顶台上转来转去，那双大眼表露出头晕目眩的窘状，它想到了狄斯特·韦代纳："啊！强盗，如果我躲过这一劫，明天早晨就让你尝尝我的蹶子！"

这个念头给它平添了一些勇气，要不然，它真的坚持不住了……人们最终还是把它从钟楼上解救下来，这可真不是一件轻松的事。用了一台起重机、一副担架和许多绳子才把它弄下来。想想看，教皇的骡子悬在那么高的地方，四蹄仿佛没着落似的在空中划动，就像拴在线绳上的金龟虫，这多丢脸呀。况且全阿维尼翁城人都在注视着它！

这匹可怜的骡子夜里睡不着，它似乎觉得自己还在那该死的顶台上转来转去，钟楼下全城人都在嘲笑它。接着，它想到那卑鄙的狄斯特·韦代纳，想到第二天早晨让他好受的那一蹶子。啊！朋友们，那该是多狠的一蹶子呀！从邦培利古斯特都能看到这一蹶子掀起的灰尘……然而，正当骡子在骡厩里准备好好地款待狄斯特时，你们知道他在干什么？他乘上教皇的双桅战船，嘴里唱着歌，顺罗讷河而下，同一群贵族子弟前去那不勒斯宫。阿维尼翁城每年都要派一批贵族青年到让娜皇后身边学习外交和礼仪。狄斯特并不是贵族，但教皇执意要嘉奖他，以表彰他对骡子的精心照料，尤其是他在解救它那天的突出举动更值得奖励。

第二天，骡子知此真是失望极了！

"啊！强盗！他准是有所察觉！……"它一边想，一边愤怒地摇着头上的铃铛，"不过，这也无所谓，你走吧，坏蛋，等你回来的时候，照样会挨这一蹶子……我给你留着！"

于是，它给他留着这一蹶子。

自从狄斯特走后，教皇的骡子又过上了平静的生活，同时也恢复了它昔日的风姿。吉盖、贝吕盖之流再也不会到骡厩来了。喝法式美酒的美好日子又回来了，这美好的日子让它心情舒畅，中午还能美滋滋地睡个午觉，甚至过阿维尼翁大桥时它都踏着舞步。然而自从它顶台历险之后，城里人对它总有些冷淡。它走在路上时，人

教皇的骡子

们窃窃私语,老年人直摇头,孩子们指着钟楼笑个不停。善良的教皇本人也不如从前那么信任他的老朋友了。星期天,他从葡萄园回来时,骑在它背上想打个盹,可他内心总在想:"我醒来时要是在顶台上可就糟了!"骡子把这一切都看在眼里,内心非常痛苦,可它什么也不说,只是当有人在它面前提起狄斯特·韦代纳时,它的两只长耳朵便簌簌发抖,它带着一丝冷笑在石地上磨蹄擦掌。

七年就这样过去了,七年后,狄斯特·韦代纳从那不勒斯宫回来了。其实他的学业并未结束,但他得知教皇的首席御膳官在阿维尼翁猝死,而且他觉得这是个肥缺,便匆匆忙忙赶回来,就为能把这职位弄到手。

当韦代纳这位工于心计的家伙步入教皇官殿大厅时,教皇几乎认不出他了,他长高了,也长结实了。应当说,善良的教皇本人也老了,不戴眼镜已看不清了。

狄斯特并没有惶恐不安。

"怎么!伟大的圣父,您不认识我了?……是我,狄斯特·韦代纳!……"

"韦代纳?……"

"正是,您知道……是给您的骡子送法式葡萄酒的那个人。"

"噢!是……是……我想起来了……这个狄斯特·韦代纳,一个善良的小伙子!……可你现在到这儿来,有什么事吗?"

"噢!伟大的圣父,没什么大事……我想求您……对啦,您的骡子还在吗?它怎么样?……嘿!太好了……我想求您将首席御膳官这个职位赐给我,那位前任不是刚刚去世吗。"

"首席御膳官,就你!……可你太年轻了,你多大了?"

"二十岁零两个月,英明的教皇,我比您的骡子大整整五岁……啊!那匹正直的骡子不愧是上帝的荣誉!您知道我是多么喜欢它呀……我在意大利真是日夜惦念着它！……难道您不想让我见见它吗？"

"不，我的孩子，你会见到它的，"善良的教皇激动不已，"既然你这么喜欢这匹正直的骡子，我不想让你生活在远离它的地方。从今天起，我就委任你为我的首席御膳官……我的红衣主教们肯定会因此而大吵大闹，那就让他们吵去吧！我已经习惯了……你明天来找我们，做完晚祷后，在教士会议上我会当众为你授职，然后……我就带你去看骡子，你到葡萄园来和我们俩待在一起……唉！好了，去吧。"

狄斯特·韦代纳走出宫殿大厅时欣喜不已，可他还得耐心等待第二天的典礼，他那迫不及待的心情，我就不必描述了。然而在宫廷里还有比他更高兴、更迫不及待的呢，那就是教皇的骡子。自韦代纳返回阿维尼翁直到第二天晚祷这段时间内，这匹了不起的骡子不停地吃燕麦，两只后蹄也不停地踢墙壁，它也在为典礼做准备……

到了第二天，晚祷结束后，狄斯特·韦代纳阔步迈进宫廷大院。所有的高层教士都在场：有身披红袍的红衣主教，身着黑丝绒服的讲经法师；有头戴教冠的修道院院长，圣阿格利科区的财产管理员，还有披着紫色披肩的唱经班的领队。下层神职人员也都来了：有着一身宽大戎装的教皇的卫兵，三个社团的苦修士；有望都山的苦修士，他们个个如凶煞恶神，跟在后面的小修士们手执铃铛；鞭笞教徒们袒胸露腹、身着法衣的圣器管理者则容光焕发；所有的人都来了，包括撒圣水的，点蜡烛的，熄灯的……没有一个人缺席……啊！这真是一次隆重的授职典礼！钟声，鞭炮声，阳光，乐曲，还有在阿维尼翁桥上领舞的鼓乐声，这疯狂的鼓乐声一直不停地响着。

教皇的骡子　　89

当韦代纳出现在典礼会场上时，他那非凡的气质和堂堂的仪表引起一阵赞叹声。这是一位漂亮的普罗旺斯人，满头金黄色的卷发，一抹绒毛似的络腮胡子，就像从他父亲的雕刻刀落下的金屑。有传闻说让娜皇后曾抚摸过这缕胡子。说真的，韦代纳老爷确实有一种自命不凡的神态和漫不经心的目光，而恰恰正是这神态、这目光博得众皇后们的欢心。那天，为了给他自己的民族争光，他特意脱下那不勒斯的服装，换上一件镶着粉红衣边的普罗旺斯式礼服，还在风帽上插上一根长长的白鹭的羽毛。那羽毛随风抖动，帅气十足。

刚一跨入大厅，这位首席御膳官便风度翩翩地向众人致意，然后，径直向台阶的高处走去，教皇正在那儿等着他，将他那职位的象征物赐予他：一把黄杨木勺和一件藏红花色衣服。骡子立在台阶下，鞍辔齐全，准备出发去葡萄园……狄斯特·韦代纳走到它身边时，满脸堆笑，停下来想在它背上亲昵地拍两下，同时斜眼偷视教皇，看是否注意到他。他站的这个位置实在太好了……骡子猛地跳起来：

"喂！接着吧，强盗！这一蹶子我为你留了七年！"

它这一蹶子尥得如此凶狠，如此凶猛，甚至连邦培利古斯特那边的人都看见了骡子铁蹄掀起的灰尘，在这金黄色灰尘的旋涡中飘着一根白鹭的羽毛，这就是那倒霉的狄斯特·韦代纳的全部遗物！……

通常骡子尥蹶子可没有这么厉害，但这不是教皇的骡子吗，况且，你们想想看，这一蹶子，它给他留了七年……要论教会中积怨颇深的冤家，这可堪称是个典范。

桑吉奈尔的灯塔[①]

昨天夜里我实在无法入睡。西北风狂啸着,狂风摇动万物那巨大的声响使我彻夜未合眼。磨坊笨重地摇着那残破的风车旋翼,在风中呼呼地鸣响着,宛如一艘船上的桅帆,整个磨坊都在噼啪作响,屋顶被风吹得一片狼藉,许多瓦片都被风卷走了。远处,满山遍野的松树林在黑暗中摇晃着,呼啸着。人们仿佛置身于波涛滚滚的大海之中……

此情此景不禁使我想起三年前的诸多不眠之夜,那时我住在桑吉奈尔的灯塔上,就在科西嘉海岸那边,在阿雅克修海湾的入海处。

这是我在那一带找到的一个离群索居和可以自由遐想的好地方。

你们可以想象,一座红土地的小岛,满目荒凉。灯塔坐落在小岛的一个岬角上,小岛的另一岬角上有一座热那亚式的古塔,我在岛上生活的那段时间里,古塔里栖息着一只鹰。灯塔下方,紧靠着海边,有一所荒废的检疫站,里面已是杂草丛生;此外岛上沟壑纵横,丛林密布,岩石峭立,野山羊出没其间;科西嘉小马奔来跑去,马鬃随风飘动;在高处,在最高的地方,耸立着灯塔房,成群的海鸟围着灯塔盘旋,灯塔上面有白色砖石砌成的平台,守塔人就

[①] 本文最初发表于1869年8月22日的《费加罗报》上。——原注

在这平台上走来走去；有一扇绿色的拱形门，还有一个铸铁的小塔，上面安置一盏巨型多面体灯，在阳光下闪闪发光，灯总亮着，即使白天也不例外……这就是桑吉奈尔岛。昨天晚上，在松涛的呼鸣声中，我又见到了它，它依旧是老样子。那时我还没有一座磨坊，当我需要呼吸新鲜空气，需要静享孤独时，便来到这迷人的小岛，过几天与世隔绝的生活。

我在那里做什么？

无非是我在这里做的那些事，不过事要少一些。当西北风或北风刮得不太凶时，我便来到紧临海边的两块岩石处，置身于海鸥、乌鸫、海燕之中，我在这儿一待就是一天，凝视着大海，那种感受使人既惊愕不已，又疲惫不堪，但却让人回味无穷。你们不是都体验过这种心灵陶醉的佳境吗？无思无梦，生命离开你的躯体，飞向高空，四散开来。人仿佛就是那跃入海中的海鸥，是在阳光下那荡漾于两峰巨浪之间的泡沫，是那艘渐渐远去的巨轮上的一缕白烟，是采集珊瑚的一叶红帆小船，是一颗珍珠，是一团淡雾，是除你以外的这世间的一切……啊！我在这小岛上度过多少似睡非睡、意醉神迷的美妙时刻呀！……

在刮大风的日子里，海边是去不得了，我就把自己关在检疫站的院子里，这是一个令人伤感的小院，院里充满了迷迭香和野苦艾的清香，我背靠着一堵老墙，蜷缩在那里，任凭荒凉及忧愁那淡淡的清香缓缓地袭上心头，这淡香随阳光在石砌棚屋中飘荡。棚屋四面洞开，就像一座座古墓。不时会有一下拍门声，草丛里还有轻微的跳跃声……那是一只避风的山羊来这里吃草。一见到我，它猛然愣在那里，待在我面前一动不动，露出机敏的样子，头上的犄角高耸着，用天真的目光看着我。

临近下午 5 点时，守塔人用喇叭筒喊我回去吃晚饭。于是，我沿着丛林中的一条小路,一直攀上海边陡峭的山崖。我慢悠悠地朝灯塔走去,每走一步,便回头望望这水天相连的辽阔的远方,我登得愈高,这天际仿佛就愈开阔。

灯塔上面确实很迷人。我现在还记得那间漂亮的餐厅,地上铺着大块的地砖,墙上镶着橡木护墙板,餐桌上的普罗旺斯鱼汤正冒着热气,门朝白色晒台敞开着,落日的余晖直射进来……守塔人都在餐厅里,等我回来用餐,灯塔上有三个守塔人:一个马赛人和两个科西嘉人,他们个子都不高,蓄着络腮胡,脸膛黝黑,皮肤粗糙。三个人穿着同样的厚羊毛呢上衣,但举止、性情却截然不同。

仅从这些人的生活方式上看,两种民族的差异便一目了然。马赛人心灵手巧,活泼好动,总是不停地忙活着,从早到晚在岛上跑来跑去,种地,翻土,拾海鸟蛋,藏在丛林中等着挤过路山羊的奶。他总在捣弄吃的,不是做蒜泥蛋黄酱,就是熬鱼汤。

而那两个科西嘉人却正相反,除了本职工作外,其他事情一概不做。他们自以为是官员,整天待在厨房里没完没了地打纸牌,只是在卷烟、点烟时才停下来,他们把大张的绿烟叶剪碎在手心里,然后神情严肃地点燃手中的烟斗……尽管如此,不管是马赛人,还是科西嘉人,他们三位心地善良、淳朴、天真,待我这位客人也极为热情,虽然我在他们眼里是个怪人……

你们想想!这世间竟然有人愿把自己关在灯塔上找乐子!他们觉得这灯塔上的日子是那么漫长,轮到他们返回陆地休息时,他们又是那么高兴……在那风平浪静的季节里,半年之内他们都能享受这种轮休的快乐。在塔上值守三十天,到陆地休息十天,这已成了规则,但在冬天或气候恶劣时,便无规可循了。风急浪高,桑吉奈尔岛白浪滔天,守塔人会连续两三个月被困在灯塔上,有时还会陷入十分险恶的境地。

桑吉奈尔的灯塔

"先生，在我值守时发生过这么一件事，"一天，我们在一起吃晚饭时，老巴尔托里对我讲述道，"那是五年前的事了，一个冬夜，像现在一样，就在我们正围坐的这张桌子旁。那天晚上，灯塔上只有两个人：我和一个叫捷戈的伙伴……其他人都返回陆地去了，生病的，休假的，或其他别的原因……我们俩马上就要吃完饭了，正平心静气地坐着……突然，伙伴手中的餐具停了下来，他用奇异的眼神看了我一会儿，扑通一声，他倒在桌子上，手臂向前伸着。我跑到他身边，摇他，喊他：

"'喂！捷！……喂！捷！……'

"他纹丝不动，已经死了……您想，这多让人心焦呀！在一个多钟头内，我一直惊魂不定，面对这具尸首浑身发抖，后来，我脑中突然闪过一念：'灯塔！'我立即登上塔顶，将灯点燃。天已完全黑了……先生，那是多么可怕的夜啊！海浪声、风吼声听上去都极不自然，每时每刻我似乎都能听见有人在楼梯上喊我。此外，我浑身发热，口干舌燥！幸亏没人叫我下来……我特别害怕死人。然而，天蒙蒙亮时，我的胆量稍大了一些，我把死去的伙伴抱到床上，蒙上床单，做了一番祈祷，然后马上跑去报警。

"不幸的是，海浪太大了，不管我怎么呼唤，没人过来……灯塔内只有我一个人和可怜的捷戈在一起，天知道这要持续多长时间呢……我多么希望把他留在我身边，直到有船开过来！可三天过去了，再把他这么保留下去已不可能了……怎么办？把他放到外面去？将他埋掉？岩石那么硬，而且岛上还有那么多乌鸦。把这基督徒喂了乌鸦又于心不忍。于是，我打算将他搬到下面检疫站的石棚屋里……这件苦差事我整整干了一下午，我向您保证，这的确需要胆量。喂！先生，直到今天，在大风天里，我要是下午到岛那边去，似乎总感觉肩上扛着一个死人……"

可怜的巴尔托里！只要一想起这事，脑门上准冒汗。

我们每顿饭都坐在一起，长时间地边吃边聊：灯塔，大海，对海难的描述，科西嘉海盗的故事……黄昏时分，值前夜的守塔人点燃他的小灯，带上烟斗、水壶、一大本红边的普鲁塔克斯[①]的论著——这便是桑吉奈尔岛图书馆的全部藏书，一闪身消失在餐厅的深处。过了一会儿，整个灯塔便响起了嘈杂的铁链声、滑轮声以及上了发条的钟锤的摇摆声。

这时，我起身来到屋外，坐在凉台上。太阳已落到很低的地方，正朝海平面飞快地落去，将整个天际都拖向海下。凉风习习，小岛呈现一片暗紫色。天空中，一只大鸟笨重地从我头顶上飞过，这是那只栖息在热那亚古塔中的老鹰在归巢……海面上渐渐生起淡淡的薄雾。不一会儿，唯有小岛四周一圈白色的浪花还依稀可辨……突然，在我头顶上放射出一束柔和的灯光。灯塔上的灯已经点燃了。明亮的灯光撒在外海的海面上，将这个小岛抛在黑暗中，那大束的光波将我瞬间照亮之后，一闪而过，而这光束下，在黑夜里，我真有些茫然不知所措……夜风愈来愈凉。该回屋里去了。我摸索着关上沉重的大门，插好铁杠，然后继续摸索着攀上一座小楼梯，我每迈一步，铁梯都在颤动，并在我脚下发出咚咚的声响，我终于攀到了塔顶，嗬，这儿可真是灯火通明。

想想看，一盏六排灯芯的巨型卡索油灯该有多亮，灯室四周的内壁慢慢地旋转着，有的内壁里装着巨大的水晶玻璃透镜，有的则朝一大型固定玻璃隔板设一开口，玻璃隔板可防风把火吹灭……刚进去时，强烈的灯光晃得我睁不开眼。这一组组铜片、锡片、白色金属的折射物，这一扇扇不停旋转并放出青色光环的凸型水晶镜

[①] 普鲁塔克斯（约46—125），古希腊传记作家及伦理学家。

墙,所有这闪烁不定的灯光,所有这交织在一起的光线,让我不时感到头晕目眩。

然而,我的眼睛渐渐地适应了这令人眼花缭乱的光线,我过来坐在灯柱脚下,坐在守塔人旁边,他生怕自己睡着了,正高声念着那本普鲁塔克斯的论著……

外面是茫茫的黑夜,是无底的深渊。在沿玻璃隔板所设的小阳台上,风发疯似的刮着,发出呼呼的鸣响。整个灯塔到处都在噼啪作响,大海呼啸着。在海岛的岬角处,海浪拍打着岸边的岩礁,发出大炮般的轰鸣声……不时,一只隐形的手指敲打着玻璃窗:一只夜鸟,受灯光的吸引,一头撞在水晶玻璃上……在耀眼而又温暖的灯室内,只有火焰的爆裂声,滴答的落油声以及铁链的哗哗声,还有那单调的读书声,守塔人正高声朗读法莱尔·德米特里[①]的生平……

午夜时分,守塔人站起身,最后再察看一眼灯芯,我们便往下走。在楼梯处碰到值后夜的伙伴,他一边上楼,一边揉着惺忪的睡眼。我们把水壶和那本普鲁塔克斯的书交给他……然后在上床睡觉前,我们来到底层那间屋里,里面到处堆着铁链、大钟锤、锡制水箱、绳索等物。守塔人借着小灯的灯光,在一大本总是摊开的日志上写道:

午夜。
浪高。
暴风雨。
外海有船。

[①] 法莱尔·德米特里(约前336—前283),雅典的政治家及演说家。

"塞米扬特"号沉船始末[①]

既然那一夜的西北风将我们抛到科西嘉海岸,那就让我给你们讲一段惊险的海上故事,那里的渔民们晚上聊天时常常讲这段故事,一个偶然的机会使我了解到这段故事令人称奇的细节……

那是两三年前的事了。

我和海关署的七八个水手在撒丁岛海域巡查。对见习水手而言,这真是一次艰苦的航程。整个3月份,我们没经历过一个好天。东风猛烈地吹打着我们,大海也从未平静过。

一天傍晚,暴风雨来临之前,我们在寻找避风港,我们驾船来到博尼法乔海峡的入海口,将船泊在一群小岛之间……群岛的景色毫无动人之处:光秃秃的大岩石,上面栖息着成群的海鸟,偶尔能见到几束苦艾丛,几片乳香黄连木丛林。岸边的淤泥处,这儿、那儿地散落着正在腐烂的朽木,但是,说实在的,守着这阴森森的岩石过夜也比躺在那条旧木船低矮的船舱里强,这里海浪缓缓涌动,我们对此很满意。

刚一下船,水手们马上燃起火堆,准备做普罗旺斯鱼汤,此时,船老大叫住我,向我指了指在小岛另一端隐在雾中的白色石围墙:

[①] 本文最初发表于1866年10月7日的《事件报》上。——原注

"和我到墓地去吗?"他对我说。

"一座墓地!里奥奈蒂老大,我们这是在什么地方?"

"在拉维吉群岛,先生。这里埋葬着'塞米扬特'号护卫舰的六百名遇难的官兵,那艘护卫舰就是在这里沉没的,一转眼,十年过去了……可怜的人啊!来此凭吊的人并不多,既然我们到了这儿,至少还应该向他们问候一下……"

"我非常愿意去,老大。"

埋葬"塞米扬特"号遇难者的墓地真是太凄凉了!我现在依然记得那低矮的围墙;那扇生锈的铁门,锈蚀得难以打开;那默默无声的小教堂,还有那湮没在杂草丛中的数百个黑色的十字架……没有一只缅怀亲人的花环,没有任何纪念物!什么都没有……啊!这些被人遗忘的可怜的亡人,他们在这意外的墓穴中该感到多么凄清!

我们在墓前跪了片刻。船老大高声地祈祷着。几只大海鸥——这墓地的唯一守护者,在我们头顶上盘旋,它们那嘶哑的叫声与大海的哀号遥相呼应。

祈祷结束后,我们心情忧郁地回到停船的地方。在我们去墓地这段时间内,水手们并未闲着,他们在岩石的避风处燃起一堆熊熊的篝火,锅里正冒着热气。我们围坐成一圈,脚伸向火边,很快我们每人膝盖上的红陶汤盆里便盛满了鱼汤,外加两片黑面包。大家静静地吃着饭,一言不发,我们刚才在海上时浑身已湿透了,而且又饥肠辘辘,况且不远处还有一座墓地……然而,当汤盆里的东西一扫而空之后,大家便点燃烟斗,开始聊上几句。话题自然又是"塞米扬特"号。

"可那船最终是怎么沉的呢?"我问船老大,他双手托着头,一副若有所思的样子,看着火苗。

"那船是怎么沉的呢？！"善良的里奥奈蒂长叹了一声，回答道："唉，先生，这事谁也说不清。我们只知道'塞米扬特'号载着军队开赴克里米亚，出事前一天晚上，船从土伦出发时，天气就不好。到了夜里，天气变得更恶劣了。风雨交加，海浪滔滔，人们从未见过那么高的浪……早晨，风势略微弱了一些，但海浪依旧那么凶猛，此外，老天爷又下了该死的浓雾，四步之外连船舷灯都看不清……先生，人们没料到这浓雾竟隐伏着极大的危险……不过，这没关系，我猜想'塞米扬特'号的舵板大概在上午时就掉了，因为浓雾总会散开，要是没有事故，船长决不会驾船沉到这里。船长是一位出色的航海家，我们大家都认识他。他曾在科西嘉海域当了三年巡逻艇长，我别的不知道，可对科西嘉海岸却了如指掌，而他对这海岸的熟悉程度一点不比我差。"

"'塞米扬特'号大概在几点钟沉没的呢？"

"可能在中午，对啦，先生，是正中午……天哪！那天海上大雾弥漫，正午时天暗得像黑夜一样……岸上的一名海关关员曾对我说，那天临近11点半时，他从小屋里出来，准备再把护窗板拴牢一些，忽然，一股风把他的帽子吹跑了，他冒着被海浪卷走的危险，沿着海岸，连滚带爬地追他的帽子。您知道吧！海关关员都不富裕，一顶帽子还是很贵的。猛然间，这人似乎不经意地抬了抬头，见雾中朦朦胧胧有一艘不张帆的大船，这船已离他很近，正被狂风吹向拉维吉群岛海岸。这艘船开得极快，海关关员根本就来不及看清楚。然而，一切迹象表明这艘船就是'塞米扬特'号，因为半小时之后，岛上的牧羊人听见岩石上发出……来，来，这位正是我所说到的那位牧羊人，让他自己跟您说吧……你好，帕隆博，过来烤烤火，别害怕。"

一位头戴风帽的人诚惶诚恐地朝我们走来，我见他围着篝火已徘徊了好一阵了，我还以为他是一名船员，因为我不知道岛上还有牧羊人。

这是一位患麻风病的老人，几乎是个白痴，不知他患的是哪一类坏血病，他的嘴唇肿得很高，样子十分吓人。我们解释了半天，他才明白我们的意图。于是，老人用手指托住患病的下唇，对我们讲述起来。出事那天，临近中午时分，他在棚屋中确实听到岩石上发出一声可怕的撕裂似的巨响。由于岛上到处是水，他无法出门，只是到了第二天打开门时，他才发现海滩上到处散落着被海水冲上岸的舰船的残骸和尸首。他被吓坏了，赶紧跑向自己的小船，到博尼法乔去找人。

牧羊人讲了那么多话，已疲惫不堪，他坐了下来，船老大接着说：

"是的，先生，正是这位可怜的老人跑来通知我们。他几乎被吓疯了，这个事件让他的大脑受了刺激。这也难怪，您想想看，六百名官兵的尸体横七竖八地堆在沙滩上，到处是碎木块和破布片……可怜的'塞米扬特'号！……大海一下子将它撕得粉碎，碎得在残骸里都找不到整块的东西，牧羊人帕隆博费了好大的劲儿才找到一些破板子，围着他那茅草屋立起一道栅栏……那些遇难的官兵，几乎个个都已面目全非，肢体不全，真是可怕……见他们一排排地相互抓在一起，真让人心酸不已……我们找到了船长，他依然穿着那身戎装；随军牧师的脖子上挂着襟带；在小岛的一角，两块岩石之间，那小水手还依然睁着眼睛，似乎还活着。不，他死了！据说没有一个生还者……"

船老大说到这里，停住了。

"当心，纳尔迪！火要灭了。"他喊道。

纳尔迪向火堆里扔了两三块涂着沥青的木板，篝火又旺了起来，里奥奈蒂接着说：

"在这件往事中还有更凄惨的事呢……在这次海难的前三周，有一艘小型巡航舰几乎在同一地点触礁沉没。这艘巡航舰和'塞米扬特'号一样，也是开赴克里米亚，不过，那次我们把全体船员和舰上的二十名辎重兵都救了出来……您猜怎么着，这些可怜的辎重兵对他们所处的困境毫不在意！我们把他们带到博尼法乔，留他们在海运站内休息了两天……可他们的衣服刚干透，体力稍微恢复了一些，便又上路了，我们相互致意，互道平安！他们又回到了土伦，不久又被派往克里米亚……您猜他们上的是哪条船……先生，正是'塞米扬特'号……我们全都找到了他们，二十个人，个个横卧在尸首堆里，就是在咱们此刻围坐的这个地方……一个蓄着小胡子、相貌英俊的队长，是个黄头发的巴黎人，我亲自把他抬走了，我曾安顿他在我家里休息过，他讲的那些故事曾让我们笑个不停……在这儿见到他，我这心里难过极了……咳！圣母啊！"

讲到这里，正直的里奥奈蒂十分动情，他磕掉烟斗里的烟灰，披上厚呢大衣，向我道了晚安……水手们又低声聊了一阵……然后，他们的烟斗一个接一个地熄灭了……谁也不说话了……老牧羊人也走了……船员们都睡着了，唯有我还在沉思着。

刚才听到的这一悲壮的故事依然在猛烈地撞击着我，我试图在脑海中重构那艘可怜的沉船，再现舰船沉没的这段往事，而这次海难的唯一见证者就是在天空中翱翔的海鸥。给我留下深刻印象的几个细节，身穿戎装的船长，随军牧师的襟带，二十名辎重兵的经历，这一切都会对我演绎这场悲剧有所帮助……我似乎看见护卫舰夜里从土伦港启程……它驶出港口。大海波涛汹涌，狂风呼啸不停，但船长是位骁勇的航海家，大家在船上也就放心了……

清晨，海面上起了大雾。人们开始感到不安。所有的船员都在舱面上，船长寸步不离舵舱……士兵们都被关在中舱，里面漆黑一片，又十分闷热。有几个士兵生病了，躺在行李袋上。船身颠簸得很厉害，人根本就站不住，大家一组一组地围坐在一起聊天，同时用手使劲抓住坐凳，说话时要大声喊才能听见。有人开始害怕了……大家都听着，这一带海域常常沉船，辎重兵这回可有的说了，可他们讲的事真让人揪心。特别是那位队长，巴黎人，总是开玩笑。他那玩笑让你浑身不自在。

"沉船！……那可太有趣了。权当洗一次冷水浴吧，然后，有人会把我们带到博尼法乔，还能在里奥奈蒂船老大家吃上乌鸦肉呢。"

所有的辎重兵都笑了起来……

突然，传来咔嚓一声……什么声响？怎么回事？……

"舵板掉了！"一个浑身湿透的水手，一边跑着穿过中舱，一边说道。

"祝大家一路顺风！"那位狂人队长喊道，但大家已笑不起来了。

甲板上一片混乱。大雾挡住了人们的视线。水手们惊恐不安地来回忙着，在雾中摸索着……舵板竟掉到海里了！船已无法操纵了……"塞米扬特"号在海上随风飘荡……正是此刻，那位海关关员见船漂过去，时值11点半。护卫舰的前部发出炮声般的轰响……触礁了！触礁了！……完了，没救了，船搁浅了……船长下到他的舱室……过了一会儿，他又回到舵舱，穿上一身戎装，要死也得打扮得漂亮些。

在中舱里，士兵们焦虑不安，彼此相视无语……病人试图站起来……小个子队长不再笑了……这时，舱门打开了，随军牧师戴着襟带，出现在门口：

"孩子们,都跪下吧!"

所有的人都跪下了。牧师用洪亮的声音对面对死亡者祈祷。突然,传来一声可怕的撞击后的轰鸣,还有一声喊叫,唯一的一声喊叫,一声无边无际的喊叫,张开的手臂,紧挽的双手,恐怖的目光,死神的幻影像闪电一样从眼前闪过……

天哪!

就这样,我整夜都在沉思,追忆十年前那可怜的沉船的灵魂,在我的四周到处都曾散落着沉船的残骸。在远处的海峡中,暴风雨来势凶猛,营地的篝火在风中摇曳,我静静地听着小船在岩石脚下飘荡,听着荡船拽动缆绳的吱吱声。

海关职员 ①

我搭乘"艾米丽"号船从维西奥港启程,前往拉维吉群岛,这段航程真是凄凉悲怆,这是海关署的一艘旧船,只有半边设甲板,船上能遮风、避雨、挡海浪的只是一小间涂了沥青的甲板室,里面刚好能摆下一张桌子和两张小床。因此,天气恶劣时再看这些水手就更惨了。他们脸上淌着水,湿透了的粗布短装冒着热气,就像蒸汽浴室里的浴巾一样。隆冬季节,不管是白天,还是夜晚,这些不幸的人也照样得这么过,他们蹲在湿乎乎的凳子上,在有损健康的湿气里打哆嗦,因为船上不能生火,而且又时常靠不了岸……尽管如此,他们当中没有一个人抱怨。即使在最恶劣的天气里,我见他们也是那么心平气和,那么豁达开朗。然而,这些海关署的水手们过的是多么悲惨的生活呀!

他们大部分人都已成家,将妻子儿女留在陆地,他们自己却成年累月地在外飘荡,沿着如此险恶的海岸线逆风航行。他们只吃一些发了霉的面包和野葱头来充饥。从来没有酒,也没有肉,因为酒肉都太贵了,他们一年只能挣五百法郎!一年五百法郎!你们以为海运站那边的茅草屋里大概会很黑暗,孩子们会赤着脚走路吧!……这都无所谓!所有这些人看上去都很高兴。在船尾甲板室

---

① 本文最初发表于 1873 年 1 月 11 日的《公益报》上。——原注

的前面，放着一只盛满雨水的大木桶，船员们口渴时便取桶里的水喝。我记得这些可怜虫喝下最后一口水时，便晃晃手中的杯子，心满意足地发出"啊"的一声，这种惬意的表达方式既滑稽又令人感动。

这些人里最快活、最易满足的人是一个矮个子的博尼法乔人，名叫巴隆伯，他又黑又胖，整天唱个不停，即使天气不好时也要唱上两曲。当海浪愈来愈大，当低暗的天空飘着雪时，所有的水手都扬起头，手握绳索，窥测着将要刮起的大风，这时，在全船的沉寂与不安中，响起了巴隆伯那平静的歌喉：

不，我的老爷
这让我受宠若惊，
莉塞特很……乖巧，
仍住在……乡间。

狂风在呼号，吹得吊索吱吱作响，吹得小船荡来晃去，船里也进了水，但这一切仿佛从未发生似的，这位海关关员照样不紧不慢地唱着他的歌。歌声在空中飘荡，就像在那浪尖上飞舞的海鸥一样。有时风的伴奏声太强了，歌词也听不清，但在每座浪峰之间，在哗哗的浪声中总能听到他那段副歌：

莉塞特很……乖巧，
仍住在……乡间。

可是，有一天风雨交加，我却没听见他的歌声。这也太奇怪了，我把头伸向舱外：

海关职员

"喂！巴隆伯，怎么不唱歌了？"

巴隆伯没有应声。他一动不动，躺在长凳底下。我走近他身旁。他的牙齿在打战，浑身烧得发抖。

"他得了'庞杜拉'病。"他的伙伴们忧伤地对我说。

这种他们称之为"庞杜拉"的病，其实就是胸痛，或胸膜发炎。这昏沉沉的天空，这水淋淋的小船，这可怜的高烧病人裹着一件破旧的橡胶雨衣，雨衣在雨中闪亮，宛如海豹皮一样，我从未见过如此凄惨的情景。寒冷、大风、浪中的颠簸很快又加重了他的病情。他已烧得说胡话了，必须得靠岸了。

过了很长时间，费了九牛二虎之力，我们终于驶进一个荒凉而沉寂的小港，几只在空中盘旋的海鸟为这小港增添了一丝生气，这时天也快黑了。海滩周围高高地耸立着陡峭的岩石，四季常绿的灌木盘根错节，形成密密的丛林。下边紧靠海边处，有一所白色的小屋，护窗板都是灰色的，这就是海关办事处。在这片荒野之中，这座国有建筑物如同军帽一样被编上号码，那样子真有点阴森恐怖。我们把可怜的巴隆伯抬下船。这个收容所对病人而言真是太凄凉了！办事处的关员正和妻子及孩子们围在火边吃晚饭。这一家人都显得面黄肌瘦，眼睛睁得大大的，眼圈留着患热病的痕迹。那位母亲还很年轻，怀里抱着一个婴儿，她同我们讲话时，浑身还在发抖。

"这地方真是可怕，"监察员低声对我说，"我们不得不每两年调换一次工作人员。沼泽热病正吞噬着他们……"

但当务之急应赶紧找个医生，可在到达萨尔坦之前，也就是说，在六至八海里以内的地方是找不到医生的。怎么办？水手们已累得筋疲力尽了，让一个孩子去叫医生，可路途又太远了。这时女主人探身向屋外喊道：

"柴可！……柴可！……"

只见一个身材高大、体魄健壮的小伙子走进来，他头戴棕色羊毛毡帽，身披羊皮大衣，像个地地道道的偷猎者或打家劫舍的强盗。下船时，我已经注意到他了，他坐在办事处门口，嘴里叼着红色烟斗，腿间夹着一杆枪，但不知何因，见我们一来，他就逃走了。大概他以为与我们同行的还有警察吧。他进屋时，女主人脸上泛起一丝红晕。

"这是我表弟……"她对我们说，"像他这样的在丛林中迷了路也不会有危险的。"

然后，她指着病人，对他低声耳语了一句。小伙子点点头，一言不发，尔后，他迈出屋门，吹口哨唤来他的狗，便出发了。他扛着枪，迈开两条长腿，在岩石上跳跃着跑走了。

这时，那些孩子们似乎被监察官吓坏了，很快就吃完了晚饭。晚饭很简单：栗子外加白奶酪，餐桌上总放着水，除了水没有别的！然而，要是能有一杯葡萄酒给孩子们喝该多好呀。咳，真是穷呀！最后，母亲带着孩子们上楼去睡觉，父亲点燃了手提灯，到岸边巡查去了。我们留在火边看护病人，他躺在简陋的床上，不停地抽动，仿佛还在海上，饱受海浪的颠簸。为了减轻他的痛苦，我们将鹅卵石、砖块烘热，放在他的胸部。有一两次，我挨近他的床时，这位不幸的人认出了我，艰难地向我伸出手臂以示感谢，那是一只粗糙而又滚烫的手，热得像刚从火里取出的砖头……

凄凉的夜晚！外面，随着夜幕的降临，天气又变得险恶起来，海浪拍打岩石的撞击声，轰隆声，浪花的喷溅声此起彼伏，岩石与海水仿佛在激烈地交战。不时，外海刮过来的风一直冲进海湾，将我们的房子团团裹住。火焰猛然升高时，我们感觉到了这风势。火光突然照亮了水手那忧郁的面孔，他们围坐在壁炉旁，平心静气地望着那火焰。浩瀚的大海和开阔的视野使他们惯于平和地看待一切。有时,巴隆伯也发出轻轻的呻吟,这时,所有的目光便会投向那角落,在那儿,可怜的伙伴正在与死神搏斗,远离亲人,无医无药。他的胸部已肿胀起来,叹息声也愈来愈粗重。这些有耐性而又顺从的海上工人,面对厄运所表露的真情就是这叹息声,没有反抗,没有罢工,仅仅是一声叹息,再没有别的什么!……不,我的结论下得太早了。他们当中的一名水手向火中添柴时,从我面前经过,痛心地低声对我说:

"先生,您看……干我们这行的,有时还真有这样或那样的痛苦!"

散文诗[①]

今天早晨开屋门时,我见磨坊周围结了一层厚厚的白霜,地上仿佛铺上一块巨大的白色地毯。野草闪闪发亮,发出碎玻璃的咔嚓声,整个小山冈都在瑟瑟发抖……只一天时间,我这可爱的普罗旺斯就被装点成北国风光了,于是在这结满霜花的松树林中,在这挂满水晶花束的薰衣草丛中,我突发奇想,写下了两篇日耳曼风格的散文诗,这时白霜不时向我反射着白光,宛如星星闪耀一般,在高处的晴空中,从海涅故乡飞来的群鹳排成三角形的队伍,向卡马尔格飞去,边飞边叫着:"天冷了……天冷了……"

一 太子之死

小太子病了,小太子快要死了……在王国境内的所有教堂里,日夜供奉着圣体,燃起巨大的蜡烛,以祈求太子康复,平安无事。宫廷旧宅第的街道显得凄凉、冷清,钟也不敲了,车辆缓缓地行驶……在宫廷周围,有些好奇的臣民透过栅栏,注视着那些大腹便便的瑞士籍卫兵,他们在宫廷大院里正神色凝重地交谈着。

整个宫廷都显得极为不安……王室的侍从、总管沿着宫殿内的

[①] 本文最初发表于1868年10月13日的《事件报》上。——原注

大理石台阶忙上忙下地跑着……宽大的走廊里满是年轻的侍从以及身穿绫罗绸缎的朝臣，他们在人群中来回走动，低声打探着消息。贵妃们跪在宽敞的石阶上，满面热泪，不停地用漂亮的绣花手帕拭去眼泪。

在温室植物园内，有许多身穿大褂的医生。透过温室的玻璃窗，能看见他们挥动着黑色的衣袖，一本正经地低着他们那戴着假发的头……小太子的太傅和侍卫官在门口踱来踱去，等待着太医的诊断结果。御膳房里的小厨师从他们身边经过时连个招呼也不打。侍卫官不停地诅咒，像个不开化的异教徒，太傅则在背诵贺拉斯的诗句……这时，从御膳房那边传来一声长长的悲伤的嘶鸣，是小太子的栗色骏马被马夫遗忘了，正在空空如也的料槽前哀鸣。

那么，国王呢！国王陛下在哪儿呢？国王将自己孤零零地关在官殿尽里头的一间房里……陛下不喜欢别人看见他落泪。而王后呢，则是另一种情感……她坐在小太子的床头，美丽的脸颊上沾满了泪水，在众目睽睽下，高声地抽噎着，在这方面，她和一个平民纺织女无甚两样。

小太子躺在镶着花边的床上，脸色比他身下的褥垫还要白，他双目紧闭，安详地休息着。大家认为他睡着了，不，小太子并未睡着……他朝母亲转过身，见她在落泪，便对她说：

"母后，您为什么哭呢？难道您真的以为我快要死了吗？"

王后想回答，但她抽噎得说不出话来。

"别哭了，母后，您忘了我是太子，而太子是不会这样死去的……"

王后抽噎得更厉害了，小太子真的开始害怕了。

"好啦，"他说，"我不想让死神把我拽走，我会阻止它到这儿来……马上派四十名身强力壮的德国步兵来,守在我的床四周!……再调一百门大炮来,架在我窗下,昼夜护卫着,把引线也点燃!死神要是胆敢靠近我们,那它绝没有好下场!……"

为了满足小太子的愿望,王后打了个手势。顷刻间,就听见大炮在庭院内隆隆地滚动着,四十名身材高大的德国步兵,手持长矛环立在太子卧室的四周,这些老雇佣兵个个蓄着灰胡子。小太子看见他们高兴得拍起手来,他认出其中的一个,唤着那人的名字:

"洛兰!洛兰!"

雇佣兵朝床前跨了一步。

"我很爱你,我的老洛兰……让我看看你的大刀……如果死神要来抓我,就应该把它杀死,对吧?"

洛兰答道:"是的,殿下。"

两颗大大的泪珠从他那黝黑的脸上流了下来。

这时,神父靠近小太子,对他低声说了很长时间,还把一个钉着耶稣的十字架拿给他看。小太子露出非常吃惊的样子听他讲,尔后突然打断他的话:

"您对我讲的我全懂,教士先生,可是如果给我的小朋友贝波许多钱的话,难道他不会替我去死吗?……"

神父继续低声对他说着,而小太子的神情却显得更加惊恐不安。

神父讲完后,小太子长叹了一声,接着说道:

"您刚刚讲的所有这些话听起来很凄惨,神父先生,但有件事让我感到宽慰,那就是即使在上天,在繁星的天堂里,我依然是太子……我知道仁慈的上帝是我的表兄弟,他必然会按我的身份来待我。"

散文诗　111

然后，他转过身，面对他母亲又补充道：

"叫人把我最漂亮的衣服拿来，把我那件白鼬皮短上衣和天鹅绒便鞋都拿来！我要让天使瞧瞧，我是个勇敢者，我要穿着太子服进入天堂。"

神父再次向小太子俯下身，又低声对他说了很长时间……他话未说完，小太子气愤地打断了他：

"那又怎么样，"他喊道，"那么当个太子不就一钱也不值了吗？"

小太子什么也不想听了，朝墙壁转过身，伤心地哭起来。

二　区长下乡

区长先生要出门巡视。前有车夫，后有随从，区政府的四轮马车载着他威风凛凛地向"仙女斜谷"地区竞赛会驶去。为了这个难忘的日子，区长先生上穿他那件漂亮的绣花礼服，头戴小礼帽；下穿镶着银带子的紧身裤，腰间佩一把手柄嵌着贝壳的宝剑……膝上还放着一个轧花皮革制的大公文包，他望着这公文包，脸上挂着一副忧伤的神色。

区长先生之所以忧伤地望着这公义包，那是因为他正冥思苦想，推敲他那篇非同寻常的演讲稿，过一会儿，他还得向"仙女斜谷"的村民们讲话呢：

"先生们，亲爱的村民们……"

他搜索枯肠，不停地捻着他那淡黄色的颊髯，嘴里反复说着："先生们，亲爱的村民们……"

重复了足有二十遍，但他白费力气，演讲的下文依旧是白纸一张。

这下文怎么就接不上呢……这马车里也太热了！在法国南部炎炎的烈日下，通往"仙女斜谷"的大路上扬起的尘埃一眼望不到边……空气像着了火一样……道边的榆树叶上蒙上了一层白色的粉尘，成百上千只蝉在树间鸣唱，相互呼应……区长先生猛然打起战来。在那边小山坡脚下，他瞥见一小片郁郁葱葱的橡树林仿佛在向他招手。

这片翠绿的橡树林似乎在说：

"区长先生，您到这儿来，在我的树荫下准备演讲稿，那是再好不过了……"

区长先生动了心，从马车上跳了下来，要随从们等着他，他要到翠绿的小橡树林中准备他的讲稿。

翠绿的小橡树林中有鸟，有紫罗兰，还有在纤细的小草下流淌的泉水……当它们看见身穿漂亮短裤、手拿轧花皮公文包的区长先生时，鸟们都害怕了，动听的啾鸣也停了下来，泉水也不敢出声了，紫罗兰也躲进草地里去了……这个小小世界的所有生灵从未见过区长，它们悄声打听这位体面的大人物究竟是什么人，他穿着镶银带的短裤到这儿来做什么。

在树荫下，这些小生灵们低声打听这位穿着镶银带的短裤、体面的大人物是何方人士……与此同时，区长先生对这片清新、宁静的小树林真是大喜过望，他撩起衣服下摆，将礼帽放在草地上，在一棵小橡树下的苔藓上坐了下来，然后将放在膝上的轧花皮革公文包打开，抽出一张公文纸。

"他是艺术家！"黄莺说。

"不对，"灰雀说，"他不是艺术家，因为他穿着镶银带的短裤，他倒更像个王子。"

"真的更像王子。"灰雀重复道。

"他既不是艺术家，也不是王子，"一只老夜莺打断了它们俩的谈话，它曾在区政府的花园里整整鸣唱了一个季节，"我知道他是谁，他就是区长！"

整个小树林都在交头接耳，议论纷纷。

"他是区长！他就是区长！"

"他的头顶秃得真厉害！"一只大羽冠云雀向大家提醒道。

紫罗兰寻思着："他到底坏不坏。"

"他坏不坏？"紫罗兰高声问道。

老夜莺答道："他一点也不坏！"

这样，大家就放心了，鸟儿又开始啾鸣起来，泉水也流淌了，紫罗兰又散发出香气，仿佛区长先生根本就不在这儿……处在这美妙动听的声响中，区长先生却无动于衷，一门心思祈求主管农事的女神给他点灵感，他举着铅笔，装腔作势地开始朗读：

"先生们，亲爱的村民们……"

"先生们，亲爱的村民们。"区长又换成演讲的腔调说。

一阵笑声打断了他，他转过身，只见一只大啄木鸟正栖在他的礼帽上，带着笑意望着他。区长耸了耸肩膀，想接着演讲下去，可啄木鸟再次打断他，从远处向他喊：

"有什么用呢？"

"怎么！有什么用？"区长说道，满脸涨得通红。他挥手赶走了这只放肆的啄木鸟，又更加起劲地说：

"先生们，亲爱的村民们……"

"先生们，亲爱的村民们……"区长更起劲地说起来。

这时，小紫罗兰也向他伸过花枝，温柔地对他说：

"区长先生，您能闻到我们的香味吗？"

泉水也在苔藓下为他奏起了神曲。一群黄莺飞来落在他头顶上的树枝上，为他鸣唱最动听的曲子，整个小树林齐心协力来阻止他准备演讲稿。

整个小树林齐心协力来阻止他准备讲稿……区长先生被浓郁的香气熏醉了，被动人的乐曲冲昏了头，竭力想从身陷其境的新诱惑中挣脱出来，但却白费力气。他卧在草地上，脱下他那漂亮的衣服，又磕磕巴巴地说了两三遍：

"先生们，亲爱的村民们……先生们，亲爱的村……先生们，亲爱的……"

然后，他把众村民统统抛到了九霄云外，主管农事的女神只好蒙上了面纱。

蒙上你的面纱吧，啊，主管农事的女神！……一小时后，区长的随从们对主子的处境不安起来，纷纷走进小树林，他们却被眼前的场景惊得连连倒退……区长先生衣冠不整地趴在草地上，像个流浪的吉卜赛人。他脱掉了上衣……区长先生正一边嚼着紫罗兰，一边编造他的诗句呢。

毕克休的皮包①

10月的一天早晨,那是在我离开巴黎的前几天,我正在吃早饭,一个衣衫褴褛的老头来到我家,他迈着罗圈腿,浑身沾满了泥巴,驼着背,两条长腿颤颤巍巍的,活像一只退了毛的鹭鸶。原来是毕克休。是的,巴黎人啊,正是你们的毕克休,是那个既冷酷又迷人的毕克休,是那个善于舞文弄墨的嘲讽者,十五年来,他的抨击文章和漫画曾让你们那么欣喜若狂……咳!不幸的人,他竟然如此贫困!他进门时,要不是做出那鬼脸,我还真认不出来他呢。

他歪着头,将手杖放在嘴里叼着,就像在吹单簧管。这位大名鼎鼎而又可怜兮兮的爱开玩笑者一直走到屋子中央,撞上了我的饭桌,他用悲伤的语气说:

"可怜可怜一个穷瞎子吧!……"

他装得太像了,我禁不住大笑起来,但他却冷冰冰地说道:

"您以为我在开玩笑,看看我的眼睛吧。"

他朝我转过身,露出两只白白的眸子,但却看不到一丝目光。

"我的眼睛瞎了,亲爱的,我的余生就要瞎着过下去……这就是用硫酸盐写东西的结果。正是干这个行当才烧坏了眼睛,而且这次是彻底烧坏了,连眼睛上边都烧着了!"他边说边让我看那被灼

---

① 本文最初发表于1868年11月17日的《费加罗报》上。——原注

焦的眼皮，真是连一根眼睫毛都没有了。

这真让我心绪不宁，不知对他说什么好。我的沉默大概使他感到极为不安：

"您在工作吗？"

"不，毕克休，我在吃早饭。您也一起吃一点儿？"

他没有回答，但他的鼻孔在微微翕动，我清楚地看出他非常愿意和我一起吃饭。我拉住他的手，让他坐在我身边。

在给他端饭的时候，这个可怜的家伙使劲地嗅着，并轻声笑道：

"这闻着真香呀。我要美美地吃一顿。我已经好长时间不吃早饭了！每天早晨花一个铜板，买一块面包，边吃边往各个部跑……因为，您知道，我现在就是到各个部去跑，这是我唯一的职业。我想弄个烟草专卖店……这有什么办法呢！家里总得有的吃吧。我画不了漫画了，也写不成文章了……向别人口述？……可这怎么行呢？……我脑子里空空如也，也编不出东西来……我的职业就是看巴黎人的鬼脸，然后去模仿，可现在却干不了这一行了……于是，我就想开一家烟草专卖店，当然不是开在繁华的林荫大道边上。我是无权得到这种恩惠的，因为我既不是舞女的母亲，也不是曾嫁过高官的寡妇。不！我只想在外省开一家小店，在很远的某个地方，开在浮日省的某个角落里。我将有个巨大的陶瓷烟斗做招牌，我的小店就叫汉斯或泽代，就像埃克曼－夏特里昂①小说中人物的名字一样；我一边拿同代人的作品做包装烟草的锥形纸袋，一边宽慰自己别再写东西了。

---

① 埃克曼－夏特里昂系法国作家艾米尔·埃克曼(1822—1899)和亚历山大·夏特里昂(1826—1890)的笔名，两位作家创作了一系列描写阿尔萨斯风情的小说。

"这就是我的全部要求。要求并不高,对吧?……那么要达到目的,真是难上加难……然而,要说靠山吗,我还真不缺,过去我也是个头面人物。我曾在元帅家用过膳,到王爷府上也做过客,在各个部长家也吃过饭,这些人都想请我去,就为我能逗他们开心一乐,再不然就是他们怕我。现在谁也不怕我了。咳!我这眼睛!我这双可怜的眼睛!王府官宅也不请我了,饭桌上坐着一个瞎子该多扫兴呀……请您把面包递给我……哎!这帮强盗,为了这倒霉的烟草专卖店,他们竟让我赔上了血本。半年以来,我拿着申请书跑遍了所有的部机关。早晨,有人正给办公室点火生炉子,或在院子的沙地上为部长遛马时,我就到了部里;天黑了,直到有人送来大灯笼,厨房里已发散出香味时,我才离开……

"看来我的余生要在候见室的木箱上度过了。那些门房都认识我了,真的!在内政部,他们叫我'这位善良的先生'!而我呢,为了得到他们的关照,就给他们做文字游戏,或者在他们的吸墨纸角上,一笔勾画一个大胡子,逗得他们哈哈大笑……曾有过二十年辉煌成就的我竟然落到这种境地,这就是艺术家一生的结局!……真想不到在法国对我们的职业羡慕不已的孩子竟有四万之众!真想不到每天从各省开出一列火车为我们运来一群群笨蛋,他们竟热衷文学,迷恋那些印着种种流言蜚语的小册子!……啊!沉湎于幻想之中的省城,毕克休的悲惨遭遇要能给你们作为前车之鉴该多好呀!"

说到这儿,他低下头,嗅嗅菜肴,便大吃大嚼起来,一句话也不说。看他吃饭的样子,真叫人心酸。每分钟,他不是掉面包,就是掉叉子,手摸索着去拿杯子。可怜的人!他还未养成习惯呢!

过了一会儿,他又说道:

"其实,对我而言,还有更可怕的事呢,您知道吗?那就是再也不能看报纸了，真得干这行才能理解这一点……有时，晚上回家时，我买一份报纸，就为了闻闻那潮乎乎的纸张的气味，嗅嗅报上的最新消息……真是好闻！可就是没人念给我听！我太太完全可以给我念，但她却不肯，她借口社会新闻栏目里有些消息让人难以承受……咳！这帮旧情妇，一旦结婚，再也找不到比她们再会假装正经的女人了。自从嫁给我之后，她竟然以为非得变得更加虔诚才好，可凡事总得有个度吧！……这不是吗，她曾想用塞莱特的圣水擦我的眼睛！还有什么圣面包，募捐，圣童，为中国孤儿捐款，谁知道还有什么乱七八糟的东西？……这些善事都要把我们淹没了……其实，给我念报不正是一件善事吗。可她就是不愿意……要是我女儿在家，她肯定会念给我听。但自从我瞎了之后，我就把她送到艺术圣母院去了，这样还可以少养一口人……

"我这女儿呀，也真是够让我操心的！她还不到九岁，但却什么病都得过。真是不幸！可她还长得特别丑！比我还丑，说得难听点……简直是个怪物！这又有什么办法呢！我只会造孽呀……跟您讲讲我的家史，对我还是有益的。可这些事和您又有什么关系呢……算了，再给我点烧酒吧。我还得振作起来，过一会儿，我还得到教育部去，要让那儿的门房和颜悦色地待你还真不容易。他们过去都是老师。"

我给他斟了杯烧酒。他一小口一小口地抿着，一副动情的神态……突然，不知何种念头触动了他，他站了起来，手持酒杯，摆动他那像蟒蛇一样的头，向四周环顾了一番，面露微笑，仿佛就要登台演讲，然后，就像在一个二百人参加的宴会上对众人训话那样，他用刺耳的嗓音喊道："为艺术、为文学、为新闻干杯！"

以此为开端，他这祝酒辞便一发不可收，整整讲了十分钟，这真是一篇最疯狂、最优美的即席之作,这个小丑的脑子可从未出过这么精彩的作品。

你们不妨设想一篇题为《186×年的文学地位》的年终专稿,它历陈我们那些所谓的文学集会,那些不痛不痒的闲扯,那些无谓的争论,那些怪诞世界的滑稽之事,这个世界宛如发出墨水臭味的厩肥,好似低矮的地狱,人们在里面相互厮打、残杀,掠夺,讲私利、谋发财胜过斤斤计较的小市民,可那里被饿死的人还是比别处的多,它尽数我们所有的可耻行为,所有的苦难。那位热衷于摇彩的T君,是位老男爵,他手捧木钵,身穿浅色外衣到王宫去讨饭。还有年内过世的人,轰轰烈烈的葬礼,千篇一律的悼词:"亲爱的亡人!可怜的心肝!"这悼词为一不幸的人所作,可活着的人竟不愿为他置购墓地;还有那些自杀者,那些变成疯子的人。这个惯于做鬼脸的天才在讲述那一切时,不但描述精辟,而且还打着手势。你们不妨对这一切作一番设想,便会对毕克休的即席之作有个概念。

祝酒辞结束了,酒杯也空了,他向我询问了时间,带着一副愤世嫉俗的神态,连声招呼也不打就走了……也不知杜鲁伊①的门房那天上午对他的到访如何看,但我清楚地知道在这可怕的瞎子走了之后,我这一生从未感到如此忧伤,如此心潮起伏。我的墨水瓶让我恶心,我的笔使我感到恐怖,我真想跑到远远的地方去,去看看树林,感受一些美妙的东西……多么刻骨铭心的仇恨呀!我的上帝!多么深的敌意啊!竟然要诽谤一切,败坏一切!咳!这个倒霉蛋!……

我怒气冲冲地在房内来回踱步,觉得他在谈起自己女儿时因厌

---

① 杜鲁伊(1811—1894),当时法国的教育部长。

恶而发出的冷笑始终在我耳边回荡。

突然，在瞎子曾坐过的椅子旁，我感到脚下踢到了什么东西，俯身一看，认出那是他的皮包，一个闪闪发亮的大皮包，皮包的几个角都磨破了。这包从未离开过他，他还笑称这是他的毒液之袋。这个袋子在我们这个圈子里堪与吉拉尔丹先生[①]那蜚声报界的卡片相齐名。大家都说那袋子里有许多令人生畏的东西……这倒是个让真相大白于天下的好机会。这个旧皮包里的东西塞得太满了，掉在地上时就裂开了，所有的文件都散落在地毯上，我得一份一份地拾起来……

有一摞写在花信纸上的信，信的开头都写着：亲爱的爸爸，下面署名：塞丽娜·毕克休，玛利亚之子。

还有许多治疗小儿疾病的旧药方：假膜性喉炎，痉挛，猩红热，麻疹……（可怜的小姑娘可真是一个病也躲不掉！）

最后是一个盖了封印的大信封，从里面露出两三缕金色卷发，就像从小女孩的软帽下露出的一样，信封上写着几个颤巍巍的大字，显然是盲人写的字：

塞丽娜的秀发，剪于5月13日，她进那里的那一天。

这就是毕克休皮包里的东西。

好了，巴黎人，你们全是一路货。厌恶，讥讽，恶毒的嘲笑，残酷的玩笑，而最终的结果竟然是：塞丽娜的秀发，剪于5月13日。

[①] 吉拉尔丹(1806—1881)，当时法国报界的名人。

金脑人的传说[①]

夫人，读着您的来信，我感到非常内疚。其实我早就怨恨自己，为何写出感伤色彩如此浓郁的小故事。今天，我决意献给您一篇喜庆的小文，一篇极为喜庆的小文。

可我为何会忧伤不已呢？我远离巴黎的浓雾有上千里之遥，住在一座阳光明媚的小山冈上，那地区以盛产长鼓和麝香白葡萄酒而闻名。我家周围日日沐浴着明媚的阳光，处处可聆听优美的乐曲。我有白尾鸟乐队，有山雀合唱团。清晨，杓鹬便"咕！咕！"地叫着；中午时分，蝉在咝咝鸣唱；而后，便是牧童们那悠扬的短笛声，还有从葡萄园里传来的褐发美女那爽朗的笑声……说真的，忧心忡忡的人到这儿来实在是选错了地方，我倒真该献给夫人们一些色彩亮丽的诗篇，一些风流雍雅的故事。

但我却做不到！我还是离巴黎太近了。巴黎每天都将它所经受的忧伤传给我，一直传到我的松树林里……甚至就在我写这几行字的时候，我刚获悉可怜的夏尔·巴巴拉辞世的噩耗，我的磨坊已为他守孝。杓鹬、蝉儿再见了！我无论如何也高兴不起来……夫人，正因为如此，我答应过的那篇妙趣横生的小故事您又听不到了，您今天听到的依然是个忧郁的传说。

---

① 本文最初发表于1866年9月29日的《事件报》上。——原注

从前有一个人，长着一副金脑子，是的，夫人，他的整个脑子都是纯金的。他出生时，医生认为这孩子活不长，因为他的脑袋那么重，脑壳又那么大。但他活了下来，而且在阳光下茁壮地成长起来，就像一株美丽的橄榄树那样，只是他那个大脑袋总是拖累他，他走路时不是碰到这件家具，就是撞上那件家具，看了真叫人心疼……他还常常摔倒在地。一天他从台阶上滚下来，额头撞在一节大理石台阶上，头颅发出金属般的声响。大家以为他死了，但将他扶起时，却发现他只擦破点皮，两三滴金珠般的东西凝结在他那金黄色的头发里，这样，他父母才得知孩子长着一副金脑子。

大家一直严守着这秘密，可怜的孩子一点也未察觉出来。不时他也会发问，为什么家人不让他和街上的孩子们一起疯跑。

"别人会把你拐走的，我的宝贝！"母亲答道。

于是，这小男孩非常害怕被人拐走，便一声不吭地回家，独自一个人玩，吃力地从这个房间挪到那个房间……

只是当他年满十八岁时，父母才向他揭示了这一命运赐给他的禀赋。他们将他抚养成人，哺育至今，只要他头上的一点金子做回报。孩子毫不犹豫，即刻从头里拽出一大块金子，至于怎么拽出来的，用的何种方法，传说中没有讲清，拽出的那块金子如核桃般大，他非常自豪地将金子投到母亲的膝上……他脑子里装的财富让他感到飘飘然，欲望使他疯狂，他的能量令他陶醉，他离开父母，到世界各地挥霍他的财富去了。

凭他这种挥霍无度、一掷千金的生活方式，人们以为他那金脑子是取之不尽的……但它还是枯竭了，他的眼睛渐渐地失去了光泽，面颊也逐渐凹陷下去。终于有一天，经过又一夜疯狂的放荡之后，早晨他独自面对一桌残羹剩饭，面对逐渐暗淡的灯光，对因挥霍而使金库造成巨大的缺口感到惊恐万分，该是住手的时候了。

金脑人的传说

从此,他开始了新生活。金脑人过着离群索居的生活,靠自己的双手去劳动。他的多疑、胆怯倒更像是个吝啬鬼。他竭力避开种种诱惑,让自己忘记上天赐予他的这笔财富,他再也不能动它了……不幸的是,一个朋友在他孤立无援时跟上了他,而且还知道他的秘密。

一天夜里,可怜的金脑人猛然醒过来,觉得头痛得要命,他慌忙坐起来,借着月光,他看见那位朋友一边向外逃,一边往大衣里藏着什么东西……

又被人拿走了一点脑子!……

此后不久,金脑人坠入爱河,但这次他是彻底完蛋了……他爱上了一个娇小的金发女郎,爱得死去活来,她也很爱他,但她更喜欢绒球,喜爱白羽饰和镶在靴子上的漂亮的金褐色的流苏。

金币一落入这娇小的美人手里便融化得一干二净,为这位像鸟儿那样快活、像布娃娃那样可爱的美人花钱真是一种乐趣。她非常任性,而他呢,从来不会说一个"不"字。为了不让她伤心,他至死都未透露他这笔财富的可悲的秘密。

"我们真的特别有钱?"她问道。

可怜的人回答道:"噢,是的……很有钱!"

他深情地对这只蓝色的小鸟微笑着,尽管她侵吞他的金脑子并非出于恶意。然而,有几次他还是感到非常害怕,他也真想当个吝啬人,可这娇小的女人蹦跳着向他扑来,对他说:

"夫君,您真有钱!给我买点名贵的东西吧……"

于是,他便为她买了一些名贵的东西。

这样持续了两年,后来,一天早晨,不知何种原因,这位娇小的女人竟像一只小鸟那样死了……财宝也快枯竭了,鳏夫用他那所剩无几的财宝,为亲爱的亡人办了一次盛大的葬礼。丧钟轰轰地鸣响着，沉重的四轮马车都蒙上了黑纱，骏马也披上了羽毛饰，丝绒布上绣着银珠，可这一切在他眼里都失去了美感。现在他那些金子留着又有何用呢？……他把金子给了教堂，给了抬棺木的脚夫，给了售花圈的商贩，走到哪儿给到哪儿。

因此，当他从墓地出来时，他那神奇的金脑子几乎全空了，唯有头颅的内壁上还残存着几小片金子。

这时，他走上街头，一副惘然若失的样子，双手向前伸着，跌跌撞撞地走着，像个醉汉。到了晚上，商店里灯火通明时，他停在一个大橱窗前，橱窗里的各种布料和首饰在灯光下闪闪发亮，他在橱窗前站了好长时间，两眼盯着那双镶着天鹅羽毛的蓝缎面靴子。"我知道这双靴子会让谁高兴。"他笑着自言自语道。他竟然不记得那娇小的女人已故去，还是走进店里把靴子买了下来。

女商贩正在店铺的后堂深处，猛然听见一声尖叫，她从后面跑过来，见一个男人斜靠在柜台上，站在她面前，用呆滞的目光痛苦地看着她，女商贩不由惊得倒退了几步。他一只手拿着那双镶天鹅羽毛的蓝色靴子，另一只手血淋淋的，指甲里尽是刮下来的金子碎屑。

夫人，这就是金脑人的传说。

尽管这故事貌似荒诞，但这个传说从头至尾都是真实的……全世界到处都有穷苦人，他们不得不凭自己的脑子来生活，他们将自己的骨髓和脑汁换成美丽的纯金，以支付生活中所需的针头线脑。对他们而言，这是每天都要经受的痛苦，那么当他们不再想忍受痛苦之时，就……

诗人米斯特拉尔①

上星期日起床时，我竟以为身处福布尔—蒙马特大街的寓所里呢。

屋外下着雨，天空灰蒙蒙的，磨坊里也阴沉沉的。在这寒冷的阴雨天里，我怕待在家里。猛然间，生出一念：到弗雷德里克·米斯特拉尔家暖和一下，这位大诗人住在距我的松林三法里的地方，在一个位于玛亚纳的小村子里。

说走就走，我拿了一根香桃木棍，装上我那本蒙田的书，再带上一条毛毯，便上了路。

田野里空无一人……在我们这个信奉天主教的美丽的普罗旺斯，星期日要让土地静息……只把看家狗留在家中，农庄也都关了门……路上不远处有一辆运货的马车，雨水顺着篷布往下淌；稍远一些，有一个头戴风帽的老太太身披枯叶色的斗篷；更远处，几匹披着盛装的骡子，背蒙蓝白两色草编的马披，头顶红色绒球，颈挂银铃铛，正一路小跑，拉着一车农庄上的人去做弥撒；那边，透过薄雾远远望去，只见运河上漂荡着一只小船，渔夫正站在船头撒网……

---

① 米斯特拉尔（1830—1914），普罗旺斯诗人。本文最初发表于1866年9月21日的《事件报》上，原标题为《翌冬之书》。——原注

那天在路上可真看不了书了。大雨倾盆，北风一刮，似乎要将那雨水整盆地泼在你脸上……我一刻不停地紧忙赶路，走了三个小时后，终于看见了那片小柏树林，玛亚纳就隐没在那片树林中，以抵御风的侵袭。

村里的街道上连一只猫也看不见。大家都做弥撒去了。我经过教堂时，蛇形管风琴正嗡嗡地轰鸣着。透过彩色花玻璃，我看见大蜡烛那闪动不已的烛光。

诗人的住所在村子的最里端，就是圣雷米大道左侧最后那座房子。这是一幢二层小楼，楼前有一个小花园……我悄悄地走进去，一个人也没有！客厅的门关着，可我明明听见里面有人走动，有人高声说话……那脚步声和说话声我都很熟悉……我在这用石灰粉刷的小甬道上停了一会儿，我握住门把手，兴奋异常。我心跳不已，他在家。他在工作……是不是待他将这首诗写完呢？……咳！管他呢，还是进去吧。

噢！巴黎人，当这位玛亚纳的诗人来到你们这里，并将巴黎写入他的长诗《米蕾耶》之中；当你们见他一身城里人打扮，出入各个沙龙：颈上套一条硬领，头戴一顶让他感到极不自在的大帽子，就像那些荣誉让他不自在一样，你们以为这就是米斯特拉尔……不，那不是他。世界上只有一个米斯特拉尔，就是上星期日我到他村子里突然造访的那一位，他歪戴着毡帽，身穿礼服，未穿马甲，腰系一条加泰罗尼亚的红腰带，眼睛炯炯有神，脸上激情横溢；他面带慈祥的微笑，更显气宇轩昂；他一身帅气，宛如希腊牧人；他双手插在口袋里，一边跛着大步，一边吟着诗句……

"怎么？是你啊！"米斯特拉尔喊了一声，扑到我面前，拥抱着我，"你到这儿来真是个好主意！……今天恰好是玛亚纳村的节日。我们能听到阿维尼翁的音乐，看斗牛，观列队仪式，跳法朗多拉舞,那真是美极了……我母亲去做弥撒,一会儿就回来,咱们先吃午饭,然后,嘿!再去看漂亮姑娘们跳舞……"

就在他对我说话时,我动情地看着这间小客厅,厅里装饰着色彩明亮的挂毯,我已很久未见到这间客厅了,我曾在此度过美好的时光。一点都没变。还是那个黄格长沙发,两把藤制扶手椅,壁炉上放着无臂维纳斯和阿尔勒维纳斯的塑像,摆着埃贝尔为诗人画的肖像和艾蒂安·卡尔雅为他拍的照片。靠墙的角落里放着一张写字台,是类似税务员用的那种可怜的小办公桌,上面摆满了旧书和字典。在写字台正中间,一个厚厚的本子打开着……那是《卡朗达尔》,是米斯特拉尔的新诗集,将在年底前的圣诞节那天出版。这部诗集米斯特拉尔已整整编写了七年,仅最后这一首诗,他就写了将近半年,然而他还是不敢脱稿。你们知道,诗中总有某个诗节要润色,总有更洪亮的声韵待选用……尽管米斯特拉尔用普罗旺斯语创作了他的诗篇,可他却反复润色那些诗句,仿佛大家都会去读这用方言写就的诗文,以感激他所付出的辛勤劳动……啊!勇敢的诗人,蒙田的这段话用来评论米斯特拉尔倒更贴切:你们还记得那个人吧,有人问他为某种艺术付出如此大的心血,而这艺术却不被人所识又有何用,这时,他答道:"有极少的人了解就够了,哪怕只有一个人,甚至无人了解也够了。"

我手捧那本《卡朗达尔》诗集,一页页地翻着,不由心潮澎湃……突然街上响起了短笛和长鼓的乐声,那乐声就来自窗前,这时米斯特拉尔跑到柜橱前,拿出杯子和酒瓶,将桌子拉到客厅中央,一边为乐师们开门,一边对我说:

"别笑……他们是来为我奏晨曲的……我是市参议员。"

小屋里即刻挤满了人,大家把长鼓放在椅子上,将旧旗子放在屋角里,便拿起烧酒传着喝起来。在为弗雷德里克先生的健康祝酒后,大家喝光了几瓶酒,后来又庄重地聊起今年的节日,法朗多拉舞是否像去年那样美,斗牛是否顺利。乐师们起身告辞,又到其他参议员家奏晨曲去了。这时米斯特拉尔的母亲回来了。

饭桌很快就摆好了,桌上铺了白台布,摆了两套餐具。我了解他家的习惯,当米斯特拉尔有客人时,他母亲不上桌陪客……可怜的老太太只会讲普罗旺斯方言,同法国人交谈感到很不自在,况且,她还得在厨房里照应着。

天哪!那天的午饭简直丰盛极了:一大块烤羊羔肉,山区奶酪,葡萄汁酱,无花果,麝香葡萄,再佐以醇美的"教皇新城堡"葡萄酒,这美酒倒入酒杯时呈一种晶莹剔透的玫瑰色。

午饭快结束时,我去找那本诗集,把它拿来放在米斯特拉尔的面前。

"我们说过要出去的。"

诗人笑着说。

"不行!不行!……得念一段《卡朗达尔》!"

米斯特拉尔让步了,他亮开那柔和而又优美动听的嗓子,一边用手打着诗歌的拍节,一边吟诵着诗集的第一段:一个为爱情而疯狂的姑娘——,我已讲述了她那悲惨的遭遇——,若上帝愿意,我将咏颂卡西斯的男孩——,那个捕鳀鱼的可怜的小渔夫……

外面响起了晚祷的钟声,广场上燃起了鞭炮,短笛和长鼓的乐声一遍又一遍地在街上回响着,被驱赶的卡马尔格的公牛哞哞地叫着。

而我呢,这时正将双肘撑在台布上,眼里噙着泪花,聆听着那个普罗旺斯小渔夫的故事。

卡朗达尔不过是个渔夫,但爱情使他成为英雄……为赢得女友的芳心,女友就是那美丽的艾丝特蕾尔,他做出许多惊天动地的大事，海格立斯的十二项伟业与之相比也会黯然失色。

一次，他一门心思想使自己富起来，便发明了许多奇特的捕鱼工具，将海里所有的鱼都网到港口内。还有一次，奥利乌勒峡谷那伙可怕的强盗，就是塞维朗伯爵那帮人被他追杀得四处逃窜，他将伯爵连同他的喽啰和姘头们的老窝都给端了……卡朗达尔真是一个厉害的小伙子！一天，在圣博姆，他碰到两伙人在雅克大师的墓前摆开架势要决一死战，请注意，这雅克大师也是普罗旺斯人，所罗门神庙的结构就出自他手。卡朗达尔站在双方的大木叉中间，对他们晓以大义，平息了这场纠纷……

都是超人的非凡业绩！……在吕尔山的山崖间，有一片雪松林，但却没有上去的路，樵夫们也都不敢上去。但卡朗达尔上去了。他在那儿独自待了三十天。在这三十天内，他一斧一斧地砍着粗壮的树干。雪松林在悲鸣，巨大的古树一棵一棵地倒下了，滚入山谷的深处，卡朗达尔下山时，山上连一棵雪松也没有了……

这位渔夫做出如此辉煌的功绩，作为回报，他得到了艾丝特蕾尔的爱，卡西斯的居民任命他为执政官。这就是卡朗达尔的故事。其实不管是卡朗达尔还是别的人物都没关系，重要的是，这诗集表现了普罗旺斯，那有着浩瀚的大海和高耸的山峰的普罗旺斯；叙述了它的历史，它的风俗，它的传说，它的风景；描绘了这个淳朴、自由的民族，这民族在灭亡前终于找到了本民族伟大的诗人……现在，你们去铺铁路，竖电线杆，将普罗旺斯语从学校里清除出去吧！但普罗旺斯将在《米蕾伊》和《卡朗达尔》中永生。

"诗已经吟得够多的了！"米斯特拉尔边合上诗集边说，"应该去看看我们这儿的节日活动。"

我们走出屋门，全村人都在街上。一阵北风将天空吹得一干二净，碧空在雨后湿漉漉的红瓦的辉映下显得更加明亮。我们到时，宗教列队刚好回来……这支列队里有戴风帽的修士、白衣修士、蓝衣修士、灰衣修士、蒙面女子社团,这支列队整整走了一个小时,好像看不到尽头一样,他们举着绣着金花的粉色彩旗,抬着彩绘的木制圣像和手执花束的彩陶圣女像,这圣女倒更像一个偶像;他们穿着无袖长袍,捧着圣体显供台,簇拥着绿绒华盖和用白丝饰框的耶稣受难像缓缓行进;所有这一切都在随风飘摆,烛光和阳光在列队里交相生辉;圣诗、祷文一直伴随着列队,当然还有那当当的钟声响彻整个村庄。

列队仪式结束了,圣像也被抬回了各自的小教堂,我们就去看斗牛,然后到麦场上去看杂耍、角斗、三级跳、勒猫游戏、跳羊皮袋以及所有在普罗旺斯节日上能看到的有趣的游戏……我们回到玛亚纳时,天已经黑了,在广场上,在米斯特拉尔今晚将与他的朋友齐多尔聚会的小咖啡馆前,人们已燃起了熊熊的篝火……大家在准备跳法朗多拉舞,剪纸灯笼在各阴暗处烁烁闪亮,年轻人也都坐好了。过了一会儿,随着一声鼓响,大家便围着篝火疯狂而又热烈地跳起舞来,而且非得跳个通宵不可。

晚饭后,我们已经很累了,不想再出去跑了,便上了二楼米斯特拉尔的卧室。这是一间俭朴的农家居室,里面摆着两张大床。墙上没有贴壁纸,天花板上的橡子都露在外面……四年前,当文学院颁给《米蕾伊》的作者三千法郎奖金时,米斯特拉尔夫人曾生出一念。

"要不要给你的房间铺上地毯,天花板也装上吊顶呢?"她对儿子说。

"不要!不要!"他回答道,"这是诗人的钱,咱们不能动。"

因此,这间卧室依然是间毫无装饰的坯房,但只要诗人的这笔钱未花完,到米斯特拉尔家来敲门求助的人就会发现这钱袋总是敞开的……

我把诗集《卡朗达尔》带到了卧室，想在就寝前再让他给我朗读一段。米斯特拉尔选了彩陶那一节，那情节大意是这样的：

不知在何地曾举办过一次盛大的宴会，主人将一套漂亮的穆斯捷产的彩陶餐具摆在餐桌上。每只盘子上面都用蓝色釉彩画着一个普罗旺斯的人物，将这一地区的全部历史浓缩于盘面上。真该看看诗人在描述这些彩陶时倾注了多深的爱，每一只盘子便是一个诗节，一首首小诗构成这幅诗篇，那是靠朴实的劳作所创，是他智慧的结晶。诗篇刚一收尾，仿佛泰奥克里特绘就的一幅小图画便呈现在眼前。

那优美动听的普罗旺斯语其实八成就是拉丁语，过去皇后都会讲，而今唯有牧人才能听得懂，当米斯特拉尔用这方言吟诵他那诗文时，我从内心里钦佩这个人，想起他面对自己母语那衰落的处境，想起他为振兴母语所做的一切，我不禁在脑海里想象着博亲王古旧宫殿中的某一座，就像在阿尔卑斯山上所见到的那样：屋顶没有了，台阶两侧的护栏也没有了，连窗户上的玻璃都没有了；拱顶上的三叶饰折断了，门上的雕花被苔藓吞噬掉了；母鸡在宫殿的主院里啄食，猪懒洋洋地卧在走廊的小圆柱下，毛驴在杂草丛生的祭台处啃着青草，鸽子栖在盛满雨水的圣水缸边饮水。在这残垣断壁中，两三家农户在宫殿两侧盖起了窝棚。

后来，有这么一天，这些农户中的一个儿子喜爱上了这堆废墟，对这宫殿惨遭亵渎而气愤不已。他赶紧把牲畜赶出了主院，见他一个人左右操劳，仙女们也赶来帮助。他重建了大楼梯，在墙面上装了细木护壁板，窗户上也安了玻璃，将钟楼竖了起来，又把御座粉刷了一遍，将昔日教皇和皇后居住的大殿修葺一新。

这座被修复的宫殿，就是普罗旺斯语。

这个农户的儿子，就是米斯特拉尔。

三遍小弥撒[1]

一

"真的有两只酿香菇火鸡,加里古?"

"是的,尊敬的神父,两只塞满香菇的肥大的火鸡。我知道是怎么做的,因为那香菇还是我帮忙塞的呢。那火鸡肚子里满满的塞着香菇,皮都撑起来了,仿佛一烤就要烤裂了似的……"

"耶稣——玛利亚!我特别爱吃香菇!……快把我那白色法衣拿来,加里古……塞火鸡的时候,你在厨房里还看见了什么?"

"噢,各种各样好吃的东西……从中午到现在,我们一直在给锦鸡、羽冠鸟、榛鸡、大松鸡煺毛,弄得到处都是羽毛……后来,又从池塘里捞了许多鳗鱼、金鲤鱼、鳟鱼,还有……"

"鳟鱼有多大,加里古?"

"有这么大,尊敬的神父……大极了!……"

"噢,天哪!我好像全看见了……你把酒倒进酒壶里了吗?"

"是的,尊敬的神父,我把酒倒进酒壶里了……天哪,这酒可比一会儿做完弥撒您要喝的那酒逊色多了。您要是在爵府餐厅里看见那酒就好了!所有的长颈瓶里都装满了各种颜色的酒……还有银

---

[1] 本文最初发表于1876年,被编入《月曜日故事集》。——原注

制的餐具，摆在餐台中央的银制雕花托盘，各种鲜花，枝形大烛台！……从未见过这么大排场的圣诞晚宴。侯爵大人还邀请了附近所有的头面人物，参加盛宴的至少有四十人，还不包括大法官和公证人……啊！尊敬的神父，您荣幸地排在被邀之列！……我只闻了一下那精美的火鸡，那香菇味便挥之不掉……嗯！……"

"好啦，好啦，我的孩子，咱们还得提防着这贪吃的恶习，特别是在这圣诞之夜……快去点燃大蜡烛，然后去敲第一遍弥撒的钟声，因为马上就到午夜了，咱们可千万别耽误了……"

这是公元16××年的圣诞节之夜，巴拉盖尔神父和加里古之间的对话。巴拉盖尔神父曾任巴尔纳比特修道院院长，现被特兰戈拉热教区的领主们聘为管理小教堂的神父，加里古是他的贴身小教士，至少他认定加里古就是他的贴身小教士，因为你们很快就会发现，那天晚上，这小教士那圆圆的脸、轮廓模糊的容貌其实正是魔鬼所扮，就是为了引诱欲念缠身的神父，逼他犯下可怕的贪吃之罪。因此，当所谓的加里古（嗯！嗯！）使劲敲着小教堂的钟时，尊敬的神父在爵府的小圣器室里已穿好了他的无袖长袍，小教士对那些美食的描述已让他心绪不宁，他一边穿着长袍，一边自言自语地重复着：

"烤火鸡……金鲤鱼……那鳟鱼有这么大！……"

外面，夜风呼呼地刮着，将那钟声吹散到各处。旺都山顶上高高地矗立着特兰戈拉热的旧钟楼，山两侧的阴暗处渐渐燃起了束束亮光，原来是佃户人家要来爵府听午夜弥撒。他们三个一群、五个一伙地唱着歌，沿着山路往上攀。父亲手提灯笼走在最前面，女人们身上裹着褐色的大斗篷，孩子们紧紧地贴在她们身上御寒。尽管天色已晚，气候寒冷，但所有这些老实人仍旧兴高采烈地走着，一想起像往年一样，做完弥撒后，下面厨房里已摆上了桌子供他们吃喝，他们就来了精神。在这难走的山路上，不时有位老爷的四轮马车从他们身边经过，车前还有人举着火把照亮，马车玻璃在月光的映照下闪着寒光，间或还有一头毛驴，晃着响铃，一路小跑而来，借着透过薄雾的风灯灯光，佃户们认出他们的法官，并纷纷向他致意：

"晚上好，晚上好，阿尔诺东先生！"

"晚上好，晚上好，我的孩子们。"

夜空明晃晃的，星星在寒冷中愈显灿烂。北风刺骨，细细的雪花从外衣上滑过，并未将衣服打湿，雪如期而至，保持了白雪圣诞节的传统。山坡高处耸立着爵府城堡那雄伟的楼塔和厚厚的山墙，小教堂的钟楼直刺墨蓝的夜空，星星点点的亮光不停地闪烁着，在各个窗前来回晃动着，在建筑物灰暗背景的衬托下，宛如在纸灰中飞舞的火星……走过吊桥和城堡的暗道，还需穿过前院才能到小教堂里去，院子里停满了马车、轿子，还有许多仆从，整个院子被火把和厨房里的旺火照得通明。厨房那边不时传来转动烤肉铁叉的叮当声、翻动炒锅的嘈杂声，准备饭菜时玻璃器皿和银制餐具的碰撞声；伴随着这锅碗瓢勺交响曲的是一股股温热的蒸汽，散发着烤肉的香味和调味汁中浓郁的香草气味；对佃户、对牧师、对法官及对所有人而言，这意味着：

"做完弥撒之后，我们的圣诞之宴该多么丰盛呀！"

二

叮铃铃！……叮铃铃！……

午夜弥撒开始了。爵府城堡里的小教堂俨然就是一座微型大教堂。交叉型的拱顶，橡木护壁板，一直装饰到与墙同高。教堂里壁毯已张挂完毕，所有的大蜡烛都已点燃。嚯，这么多人！个个都是衣着华丽！在最前面的是特兰戈拉热的领主老爷，他身穿橙红色塔夫绸礼服，坐在神职人员的祷告席上，他周围坐着应邀而来的高贵的领主，唱诗班也被围在祷告席内。在他们的对面，老侯爵夫人和特兰戈拉热的年轻的贵妇坐在丝绒蒙面的跪凳上。那位享有亡夫遗产的老侯爵夫人身穿火红色的织锦缎长袍，而这位少妇则戴着一顶饰有凹凸花纹边的帽子，这还是法国宫廷最新潮的服饰呢。再往后就是法官托马斯·阿尔诺东和公证人安布鲁瓦先生，这两位都穿着黑衣，头戴尖形假发，脸刮得极干净，在色彩亮丽的丝服和镂花彩绘的锦缎的衬托下，他们俩倒更像两个低音符。再往后，是那些胖胖的总管，侍从，马倌，管家，还有芭尔博太太，她把所有的钥匙拴在一个银制的细链上，挂在腰间。那些小办事员、女仆、佃农和他们的家人坐在最后一排板凳上。最后，紧挨着小教堂大门的是那些厨房里的小学徒，他们打开门缝，张望一下，便又悄悄地关上。他们忙里偷闲来领略一下做弥撒的气氛，同时也把晚宴的香味带进了教堂：这教堂里真是充满了节日气氛，那些燃烧的大蜡烛将教堂烘得暖乎乎的。

难道只因瞧见了这些白色的厨帽，主祭牧师就心不在焉了吗？其实倒不如说是加里古的铃声在起作用，这疯狂的小铃在祭坛深处狠命地摇着，似乎总是在说：

"快点，快点，我们早一点结束，就早一点用餐。"

事实上，这魔鬼般的铃声每响一次，神父便将弥撒抛到了脑后，只想着这圣诞晚宴。他想象着那些在嬉笑的厨师，想象着那燃着熊熊火焰的炉子，想象着从半开的锅盖下冒出的热气，想象着在这热气里有两只肚里酿得满满的、皮撑得紧紧的、烤上香菇花纹的肥大的火鸡……

他仿佛还看见侍从们排着队,手里端着那诱人的、冒着热气的盘子鱼贯而过,他和他们一起迈进宴会大厅,那里一切都已准备就绪了。嗬!真香呀!这张大桌子上摆满了食物,令人眼花缭乱:有开屏的孔雀,展开金翅的锦鸡,红宝石色的酒瓶,堆成金字塔状的尚挂着绿枝的鲜水果,还有加里古——噢,对,是加里古——所说的那些美妙的鱼,它们摆在垫着茴香的盘子里,鳞光闪闪,好似刚从水中捞出来一样,鲜鱼的大鼻孔里还塞了一束香草。这些美食的幻象是那么生动,巴拉盖尔先生觉得这些香喷喷的菜肴全摆在他面前那祭台的绣花台布上。因此,有两三次,他猛然发觉该说"上帝与你同在"时,却念起了餐前祝福经的首句祝词。除了这微小的失误外,这位受人尊敬的人物在宣讲祭礼时还是尽心竭力的。他没有跳过一行字,没有漏掉一次跪拜,直至第一遍弥撒结束时,一切还算进展顺利,可是你们要知道,在这圣诞节之夜,主祭大人要连续主持三遍弥撒呢。

"一遍了。"神父自忖着,舒心地叹了口气,然后便一刻不停地向他的贴身教士,或这位他认定是自己的贴身小教士示意,要……

叮铃铃!……叮铃铃!……

第二遍弥撒开始了。巴拉盖尔先生的罪过也就随着这弥撒开始了。

"快,快,我们得快点。"加里古那尖锐的小铃声似乎对他叫着,而这一次,这位倒霉的主祭完全被贪食恶魔征服了。他冲向弥撒经本,带着饕餮般的食欲贪婪地吞噬着那一页页经文。他狂乱地弯下身,又立起来,草草地画一下十字,做一下跪拜,主持弥撒时该做的动作能减则减,就为尽早结束这仪式。他刚把手放在《福音书》上,便顿足搥胸地念起《悔罪经》来。他和小教士比着看谁念得快。经文领读得快,应答的颂歌唱得更快,结果相互重叠碰撞在一起。念经文的人连嘴也不张，经文也不念全了，这太耽误时间了，到后来，这经文竟在含混不清、不知所云的低语声中结束了。

    请众同祷，祷……祷……祷
    我已知罪，罪……罪……罪

  两个人在这拉丁经文里乱扑腾，就像性急的收葡萄者，使劲将葡萄往酿酒桶里压，把那遭受亵渎的经文溅得到处都是。
  "Dom……scum！……"巴拉盖尔念道。
  "……Stutuo！……"加里古回应道。那该死的铃声时时刻刻在耳边响着，宛如系在驿马颈上的铃铛，让马拼命地跑起来。你们想想，照着这个速度念经文，一遍小弥撒当然很快就被打发了。
  "两遍了！"神父气喘吁吁地说。接着，他不容自己喘口气，便红着脸，淌着汗，从祭坛上跌跌撞撞地滚下来，然后……
  叮铃铃！……叮铃铃！……
  第三遍弥撒又开始了。现在距餐厅只有几步之遥了。可是，咳！随着圣诞晚宴的临近，不幸的巴拉盖尔先生感到自己已馋涎欲滴，焦躁的等待正使他变得疯狂，他的幻想愈来愈强烈，金鲤鱼、烤火鸡就在那里，在那里……他摸着它们了……他摸……噢！上帝呀！菜肴在冒着热气，酒在散发着香味，于是他晃动着自己身上那疯狂的铃铛，此时此刻，小教士那小铃铛似乎也在朝他喊着：
  "快，快，再快点！"
  可他怎样才能更快呢？他的嘴唇几乎连动都不动，也不念出声来……除非下狠心蒙蔽善良的上帝，故意给他漏掉那弥撒的祷文……他就是这么干的，这个可耻的家伙！……那食欲的诱惑愈来愈强，他先跳过一节祷文，然后又跳过两节。"信徒书信"太长了，他不等把它念完便越过去，然后似蜻蜓点水般掠过《福音书》，从《信经》前一闪而过，跳过《天主经》，远远地与弥撒的"序诵"打个招呼，在急奔和跳跃中落入永世不得翻身的地狱之中，他身后一直跟着那可耻的加里古（滚开吧，撒旦！）。加里古心领神会般地辅佐着他，帮他撩着无袖长袍，为他快速地翻着经文，恨不能两页两页地翻，将阅经台挤到一边去，打翻了洒圣水壶，而且不停地摇着那个小铃铛，愈摇愈响，愈摇愈快。

真该看看所有听弥撒的人那惊恐万状的样子！他们不得不随着神父的手势做弥撒，可这弥撒的祷文他们却一个字也没听见。一些人刚站起来，另一些人又跪下了；一些人刚坐下，另一些人又站了起来；听众席上众人在同一时刻竟做出不同姿态，将这场奇特弥撒的所有步骤都展现在一个画面上。正在天国之路上奔走的圣诞之星，在远远的天际，在那小小的驴厩处，看到这混乱的弥撒场面也会大惊失色……

"教士念得太快了……我们都跟不上了。"老侯爵夫人一边晃着她的头饰，一边无所适从地嘟囔着。

阿尔诺东先生鼻梁上架着一副宽大的钢框眼镜，在那祷文里寻找，看到底念到哪一段了。但实际上，所有这些老实人也在想着那顿圣诞晚宴，他们对这似快马传旨般速度的弥撒并不感到气恼。因此，当喜形于色的巴拉盖尔先生转身面向听众竭尽全力喊出"走吧，弥撒已圆满结束"时，整个小教堂回响着一个声音："感谢上帝"，这声音如此欢悦，如此动听，大家竟以为已在餐桌上觥筹交错、把盏祝酒了。

三

　　五分钟后，领主们已在大厅里落座了，神父也裹在其中。爵府城堡上上下下灯火通明，到处回响着歌声、喊声、笑声和喧闹声，可敬的巴拉盖尔先生正将他的叉子扎进松鸡的一只大翅膀里，将他对贪吃之罪的悔恨之情淹没在教皇葡萄酒和味美香浓的肉汁之中。他不停地吃呀，喝呀，这可怜的圣徒竟然在午夜里一命呜呼，连忏悔都未来得及做。接着，到了早晨，他来到仍处在欢乐气氛中的天国，我让你们去想他登门时所受到的礼遇。

　　"从我眼前滚得远远的，你这无耻的基督徒！"我们大家的主宰、至高无上的审判者对他说，"你这大德大智的一生被这贪吃之罪给毁了……咳！那次午夜弥撒你还蒙骗我……好吧，你得付出再做三百次的代价，在你那小教堂里，当着受你误导而落入歧途的众人之面，再做三百次圣诞弥撒，只有这样，你才能进天堂……"

　　……这就是关于巴拉盖尔神父的真实传说，这一传说在这橄榄的故乡流传甚广。如今，特兰戈拉热的城堡已不复存在，但那小教堂却一直矗立在旺都山的山顶上，周围是一片翠绿的橡树林。山风吹打着小教堂的破门，杂草淹没了教堂的门槛。鸟儿在祭台的角落、在高窗的窗口处筑起了巢穴，高窗上原有的彩色花玻璃早已没了踪影。然而，每年圣诞节似乎都有一种超自然的光在这废墟里游荡。在做弥撒或吃圣诞晚宴时，农民们便会远远地瞥见这个小教堂的幽灵，在露天里燃烧的隐形大蜡烛风雨无阻地映照着这幽灵。你们觉得这好笑那就笑吧，但当地的一位葡萄种植者曾亲口对我讲过这事，他叫加里格，大概是加里古的后代吧。在一个圣诞节的夜晚，他们喝得有点醉醺醺的，在特兰戈拉热那一带的山中迷了路，他讲的正是他亲眼所见……直到夜间 11 点时，一点动静都没有。万籁俱寂，没有一丝光，没有一点生气。到了半夜，钟楼顶上的排钟突然响起来，那是一种非常古老的排钟，钟声仿佛来自十法里以外的地方。过了一会儿，加里格在上山的路上看见点点火光在闪动，还有模模糊糊的影子也在移动。在小教堂的门廊下，人们不停地走动着，低声说着话：

"晚上好，阿尔诺东先生！"

"晚上好，晚上好，我的孩子们！……"

当大家都进到小教堂里之后，这位勇敢的葡萄种植者蹑手蹑脚地凑过去，透过破门向里张望着，一幕奇特的场景展现在他眼前。那些他眼瞧着从他身边经过的人正围坐在祭坛四周，静坐在那已成废墟的大殿里，仿佛那些古老的长凳依然摆在大殿上。他们当中有身穿织锦缎、头戴花边帽的漂亮太太，有从头到脚衣着华丽的老爷，还有穿着花礼服的农民，就像我们的祖父辈所穿的那样，所有的人都老气横秋，憔悴不堪，身上灰蒙蒙的，满脸的倦态。那些常住在小教堂里的夜禽被亮光惊醒后，不时在大蜡烛周围盘旋，那蜡烛的火焰既笔直又模糊，好像在一层纱布后面燃着似的。最让加里格开心的是那位戴着钢框大眼镜的人物，他不停地晃动他那盘得高高的黑色假发，原来一只小鸟在假发里绊住了爪子，正笔直地栖在那上边，静静地拍打着翅膀。

在大殿深处，一位身材矮小的小老头跪在祭坛当中，正拼命地摇着一只铃铛，那铃铛上没有铃，也不会发出声响。与此同时，一位身着金色旧长袍的神父正在祭台前来回踱着步子，嘴里吟诵着祷文，但谁也听不见一个字……这正是巴拉盖尔神父，正在念第三遍小弥撒的祷文。

三遍小弥撒

橙 子[1]

在巴黎，街上卖的那些橙子外观都是惨兮兮的，好似从树上落下来后再拾起来才卖的。在这多雨、寒冷的隆冬时分，这橙子运到你们这儿时，它那艳丽的果皮，它那过浓的香气，使它显得很古怪，有点吉卜赛人的味道，它那浓香在这崇尚清香的地区显得有些不合时宜。在那雾蒙蒙的夜晚，这些橙子凄惨地堆在手推车上，让人沿街叫卖，一盏昏暗的红纸灯笼给它们照着亮。一个单调而又尖细的吆喝声伴随着它们，但还是被隆隆的马车声，被公共马车的轰响淹没了：

"瓦伦西亚的橙子，两个铜板一个！"

对四分之三的巴黎人而言，这种圆圆的毫无特色的水果虽然摘自远方，但更像出自糖果厂或来自做蜜饯的店铺，因为橙树留给它的唯一痕迹便是那翠绿的小果蒂。它身裹丝制包装纸，逢年过节都能看到它的身影，则更加深了人们对它的这种印象。特别是临近1月时，成千上万的橙子被摆上了街头，橙子皮被乱扔在阴沟的污泥里，这不禁让人浮想联翩：某种巨大的圣诞树将其枝干上的假水果纷纷摇下来，落在巴黎的街上。在每一个角落里都能看见橙子的踪影：在明亮的橱窗里，它被选来当作点缀；在监狱和救济所门前，

---

[1] 本文最初发表于1873年6月10日的《公益报》上。——原注

它和一包包饼干和成堆的苹果放在一起；在舞场和周日剧场的入口处，它又成了人们的休闲食品。它那清新的香味与瓦斯的气味、与刺耳的提琴声、与剧场高层楼座长凳上的灰尘混杂在一起。人们竟然忘了得有橙树才能出产橙子，因为当橙子整箱整箱地从南方运到我们这儿时，那些在温室里越冬的橙树，经剪枝、改造、乔装打扮后，才在公园里露出娇容，而且一年露面的时间又十分短暂。

要想更好地认识橙子，就该到它的产地去看看，到巴利阿里群岛、撒丁岛、科西嘉岛和阿尔及利亚去，到有着碧蓝天空、金色太阳、气候温和的地中海去。我想起来了，在布利达山口地区，有一片小小的橙树园，在这园子里，那橙子可真是漂亮极了！在那闪着光泽、绿油油茂盛的叶片中，橙子闪着彩色玻璃般的光泽，似乎将周围的空气染上了金色，将所有亮丽的鲜花罩在它那光彩夺目的光环之下。在林中的片片空地上，透过枝叶的空隙可以看到小城的城墙，看到清真寺的尖塔和伊斯兰教徒墓地的圆顶，还能看见那雄伟的阿特拉斯山，山脚下郁郁葱葱，一片翠绿；山顶上则是皑皑的积雪，像盖着一件白白的皮革，山峦连绵起伏，山那边似乎飘着片片雪花。

一天晚上，我当时正在那里，在这个冬季只下白霜的地区，三十年来白雪竟纷纷扬扬地落在这酣睡的城市上，真不知如何解释这奇异的景象，布利达一觉醒来，已变成白雪皑皑的城市。在阿尔及利亚这如此清新、如此纯净的空气中，白雪就像贝壳的粉末，反射出似孔雀羽毛的光泽。然而最美丽的还是这片橙树林。坚实的树叶依然挂着厚厚的雪，那雪就像放在漆盘上的冰淇淋。所有蒙着白雪的水果都给人一种壮丽的光滑感，一种柔和的光泽，仿佛闪闪发光的金子被蒙上一层透明的白纱。这一切给人一种在教堂里举行庆典的朦胧感，好似在红袍外面又套了一件饰着花边的袍子，镀金的祭台裹着镂空的花边……

　　但我对橙子的最好回忆还是来自巴尔比卡亚，这是靠近阿雅克修的一座大花园，夏季最热的时候，我常到那花园里去睡午觉。这里的橙树比布利达的更高，更粗壮，橙树一直种到大路边，一道植物形成的绿色篱笆和一条小沟将花园与大路隔开，大路的另一侧便是大海，是那浩瀚的蓝色大海……在这个花园里我度过多么美好的时光啊！在我的头顶上，棵棵开着花、结着果的橙树发出袭人的香气。不时有一个熟透的橙子，猛然从树上掉下来，它似乎不堪这酷暑的煎熬，闷声闷气地落在我身边的地上。我只要一伸手便可拿到它。这些橙子棒极了，里面的果肉呈紫红色，真是汁多肉厚，妙不可言，况且，那边天际的景色又是那么壮观！枝叶间的空隙里透映着大海那湛蓝的底色，海面上水波粼粼，宛如一块块玻璃碎片在海空的薄雾中闪烁着。海浪似乎从很远的地方搅动着大气，有节奏的海涛声仿佛在摇晃着你，使你感觉置身于一叶隐形小舟上，周围是滚滚的热浪，是沁人肺腑的橙香……啊！在巴尔比卡亚的花园里午睡真如到了仙境一般！

　　然而，有几次在我午睡正酣时，一阵阵鼓声将我从睡梦中惊醒，原来是一群穷苦的鼓手在园子下面的大路上练习。透过篱笆的空隙，我影影绰绰地瞥见铜制的鼓身，几条红裤子和盖住红裤子的宽大的白色罩衫。大路上的风尘无情地向他们反射着炫目的阳光，这些可怜的人便来到花园边上，来到这篱笆矮矮的树荫下遮蔽一下。他们使劲地敲，浑身大汗淋漓！这时，我竭力从昏睡中挣扎着醒过来，开心地摘下几个挂在手边的橙子，将这金色的美果向他们投去。鼓声停住了，鼓手犹豫了片刻，环视了四周一眼，想看看从他们面前滚到小沟里的橙子究竟来自何方。然后，他们很快把橙子捡起来，连皮也不剥便大口大口地咬起来。

就在巴尔比卡亚花园的旁边，仅一矮墙之隔，有一个相当奇特的小花园，我对它依然记忆犹新。从我所处的花园内，能居高临下将它尽收眼底。这是一小片规整优雅的土地：条条小径上都铺上了金黄色的沙子，小径旁栽着碧绿的黄杨树，门口还种着两棵翠柏，这景致使它看上去更像马赛地区的农舍，没有一丝阴影。最里面有一座白石砌的小屋，贴近地面处设着地下室的窗口。我起初以为这是一间农家的住宅，但仔细辨认一番却另有发现，屋顶处有一个十字架，从远处看，那白石上刻有铭文，但因距离太远看不清铭文的内容，我认出这是科西嘉人的家族墓地。在阿雅克修四周，有许多类似这样的小祭堂，竖立在专为其开辟的花园中央。星期日家人便来此拜谒亡人。家人这么体谅那些逝者，他们在这儿就不会像待在杂乱的公墓里那么凄凉了。唯有朋友的脚步声才会打破四周的宁静。

从我所处的地方，我常常见到一位善良的老人正沿着花园的小径无声无息地忙碌着。他整天在剪枝，锄地，浇水，细心地将已凋谢的花朵摘掉，然后，当夕阳西下时，他走进那间安息着自己亲人的小祭堂，将铲子、耙子、大喷壶放好，从容安静地做着这一切，像个墓地园丁一样。然而，在不知不觉中，这位老实人带着一颗虔敬之心辛勤劳作，将各种杂声降到最低限度，每次关上地下室的大门时都小心翼翼的，仿佛生怕惊醒了他人似的。在这阳光明媚而又幽静的环境中，护理这小花园的工作竟不会惊扰一只小鸟，而且花园四周也无一丝一毫的阴郁感。只是天空显得更高，大海显得更浩瀚，那躁动不安的大自然在强大的生命力之下让人难以忍受，而这睡不醒的午觉在这大自然中似有永眠安息之感……

两家小旅店①

那是7月的一天下午，我正从尼姆往回走。天热得让人喘不过气来。那条白色的、灼热的大路一眼望不到边，路面上尘土飞扬，路两边是片片橄榄树园和小橡树林，热雾中的大太阳朦朦胧胧地挂在当空。没有一点阴影，没有一丝风，只有蒸腾的热气和蝉的尖叫声，这疯狂的声响真是震耳欲聋，在这遭受热浪折磨的时刻，这声响似乎就是那无边无际的光浪的回声……我已在荒野里走了两个小时，突然一片白房子透过大路的灰尘展现在我面前。这就是那个名叫"圣万桑"的驿站：五六所农庄，长长的红瓦粮仓，一个喂牲畜的饮水槽掩在稀疏的无花果树丛中，水槽里没有水。在这地方的尽头有两家大旅店，隔街相望。

这两家旅店虽彼此相邻，但那反差却令人啧啧称奇。这边的旅店是一幢新楼，顾客满盈，热闹非凡，所有的大门都敞开着，驿车停在门前，卸了辕的马还在冒着热汗，旅客们纷纷从驿车上下来，在路边靠墙的阴影里匆匆地喝着水。院子里停满了骡子和大车，车夫们躺在棚子下等着清凉饮料。旅店内，到处是喊声，咒骂声，拍桌子声，交杯碰盏声，打台球的喧闹声，汽水瓶盖开启的嘭嘭声。然而，一个悦耳而又响亮的歌喉盖过这所有的嘈杂声，歌手的歌声

---

① 本文最初发表于1869年8月25日的《费加罗报》上。——原注

震得玻璃直颤：

> 漂亮的玛尔格东
> 天蒙蒙亮便起了床
> 提着她的银水罐
> 来到泉水旁……

而对面那家旅店则恰恰相反，门可罗雀，冷冷清清的，好似被荒弃了一样。门前杂草丛生，护窗板也破了，一束长着锈斑的冬青草在大门上面垂着，就像一只陈旧的羽毛饰。门前的各层台阶都用从路边捡来的石头垫着……这一切显得那么寒酸，那么可怜，到这店里停下来喝上一杯，也真堪称是一种义举了。

进门时，我发现这间长长的大厅里空无一人，毫无生气。三个大窗户也没挂窗帘，炫目的阳光从窗户直射进来，使这间大厅显得更空旷、更无生气。大厅里摆着几张缺了腿的桌子，桌子凌乱地放着几只沾满灰尘的杯子，一只破旧不堪的台球桌还挂着它那四个球袋，像挂着四只木碗似的；一张黄色的长沙发，一个旧柜台静静地躺在这污浊和沉闷的热气里。大厅里还有苍蝇！成群的苍蝇！我从未见过这么多苍蝇：天花板上，玻璃窗上，杯子里都趴着苍蝇，还有一群在……我打开大门时，就听见嗡的一声，无数的翅膀在轰鸣，我仿佛迈进了一个大蜂窝。

在大厅的最里面，有一个女人站在窗口处，面对着玻璃窗，正专心致志地向窗外看。我喊了她两遍：

"喂，老板娘！"

她慢慢地转过身，露给我一张可怜的面容。她那似农妇的脸上布满了皱纹，皮肤粗糙，面带土色；头上的帽子垂下赭红花边的长

两家小旅店

饰带，我们那儿的老太太才戴这种头饰。然而，她并不老，但眼泪已使她憔悴不堪。

"您想要点什么？"她边擦着眼睛边问我。

"坐一会儿，再喝点什么……"

她非常惊讶地看了我一眼，依然站在那儿，一动不动，好像没听懂似的。

"难道这儿不是旅店吗？"

那女人叹了口气：

"是的……这儿是旅店，如果您要……可为什么您不像别人那样到对面那家店去呢？那边不是更快活……"

"对我来说，那边太闹了……我倒更喜欢到您这儿来。"

不等她答应，我就在一张桌子前坐了下来。

当她确信我这话不是说着玩时，便马上开始在店里来回奔忙：翻开抽屉，晃晃酒瓶，擦杯子，轰苍蝇……让人觉得招待我这位客人真是一件大事。有时这位不幸的女人停下来，抱着头，似乎对自己应付不过来而感失望。

接着，她走进最里面的房间，我听见她在摆弄一大串钥匙，使劲晃动门锁，在面包箱里找东西，吹气，掸土，洗盘子。

不时还传来哀叹声，传来未能抑住的哽咽声……

在她足足忙了一刻钟之后，我面前的桌上摆上了一盘葡萄干，一块像砂石那么硬的陈面包，还有一瓶果汁饮料。

"请用吧。"这位奇怪的女人说道，接着便转身又面朝外站到了窗前。

我一边喝着，一边试图套她的话。

"您这儿不常有客人，对吧，老板娘？"

"噢，是的，从未有人来……可过去，这儿只有我们一家店时，那情景完全不同：过去我们有驿站，在捕海番鸭的季节里为猎人们备饭，整年都是车来车往……但自从别人在旁边开了店之后，我们原有的一切都没了。大家都愿意到对面店里去。他们觉得我们这儿太沉闷了……我们这个店也确实不令人满意。我长得又不漂亮，还经常发烧，两个女儿又死了……可对面呢，却截然相反，总能听见欢声笑语。开店的是个阿尔勒姑娘，人长得漂亮，总爱穿带花边的衣服，脖子上还戴着三条金项链。驿车把式是她的情人，总把搭乘驿车的旅客拉到她这儿来。她还招了一大帮能说会道的姑娘做女仆。她那店一下便红火起来！贝祖斯、勒德桑和戎基耶三地的年轻人都跑到她那儿去了。运货马车的车夫不惜绕道也要到她那儿去歇歇脚……可我呢，却整天待在这儿，死气沉沉地耗着，连个顾客都没有。"

她说这些话时，显得有些漫不经心，抱着一种无所谓的态度，额头总贴在玻璃窗上。很显然，对面旅店里有什么东西让她牵肠挂肚……

突然，马路对面传来一阵忙乱的响声。驿车又上路了，车后扬起一片尘土，接着便传来马鞭声和马车夫的小号声。姑娘们跑到大门口，高喊着：

"再见！……再见！……"在这一片嘈杂声中，刚才听到的那动听的歌喉又放声唱起来，而且那嗓音更洪亮了：

  提着她的银水罐
  来到泉水旁，
  在那儿却见走来
  三位骑士身披戎装……

……听着这歌声,老板娘浑身颤抖不已,然后朝我转过身来。

"您听,"她低声对我说,"这是我丈夫……他是不是唱得特好听?"

我吃惊地看着她:

"怎么?是您丈夫!……他怎么也跑到那边去了?"

这时她露出一副伤心的样子,但却温和地说:

"先生,您又能怎么样呢?男人就是这样,他们不愿看见有人落泪,可我自从两个女儿死后,总是以泪洗面……况且,这么大房子,却连一个顾客都没有,也太凄惨了……这样,我这可怜的若泽感到特别烦闷时,便到对面去喝酒,大家都知道他有一副好嗓子,阿尔勒姑娘便让他唱。嘘!……他又开始唱了。"

她浑身在簌簌地颤抖着,双手向前伸着,脸上挂着大颗的泪珠,使她显得更难看了。她站在窗前,听着她丈夫的歌声,听得心醉神迷,这歌是若泽唱给那阿尔勒姑娘的:

第一位骑士对她说:
"你好,漂亮的小姑娘!"

在米里亚纳[1]

——旅行札记

这次,我带你们到阿尔及利亚的一个美丽的小城观光一天,那里距我的磨坊有两三百法里之遥……这也让你们换换口味,别总听长鼓和蝉鸣……

天空阴沉沉的,就要下雨了,扎卡尔山的顶峰笼罩在云雾之中。这是一个令人烦闷的星期日……饭店小房间的窗户朝向阿拉伯城墙,我待在这房间里,百无聊赖地吸着烟,也好自我排遣一下……店方将饭店的全部藏书供我使用,有一本记载详尽的历史书,几本保罗·德科克[2]的小说,我还发现一册蒙田全集的单卷本……信手翻开这本书,重读了那封关于拉波埃希[3]之死的奇妙信函……结果,我比以往更迷惘,更忧郁……点点雨滴已经落了下来。窗台上的灰尘自去年下雨后就一直堆在那里,而每一滴落在窗台上的雨点都在这厚厚的尘土上砸成一个星状……那本书从我手中滑落在地,我却长久地凝视着那些星状物……

城里的时钟敲了两下,钟声来自一座古老的伊斯兰隐士墓,从我的房间能瞥见它那细长的围墙……这奇怪的隐士墓真是可怜!这

---

[1] 本文最初发表于1864年2月1日的《新杂志》上,原标题为《小城之旅》。——原注
[2] 保罗·德科克(1793—1871),法国悲喜剧作家。
[3] 拉波埃希(1530—1563),法国作家,与蒙田交往颇深,对后者有一定影响。

座建筑的中央靠上部位竟然装上了市政府的大钟,每到星期日,2点的钟声响时,它便向米里亚纳所有的教堂发出晚祷的信号,三十年前谁会想到这隐士墓会有这么一天呢?……叮!咚!各教堂的钟声纷纷响起来!……这钟声还得响一阵子呢……这房间显得太凄凉了,早晨我见到的那些大蜘蛛,它们被人称作"哲学的箴言",已在屋内的各个角落里织上了网……还是到外面去吧。

我来到广场上。第三军团的乐队并未被这点小雨吓倒,乐师们围着指挥刚刚坐好。将军在师部大楼的一个窗口处露出尊容,身旁陪着一些如花似玉的姑娘。在广场上,区长挽着治安法官的臂膀来回踱着步子,五六个阿拉伯小孩赤裸着上身,在广场的一角玩弹子,不时发出凶狠的喊声。广场的另一边,一个衣衫褴褛的犹太老人又来到他昨天晒太阳的地方,可这阴雨天,没有太阳真让他大失所望……"一、二、三,开始!"乐队奏起了一首塔雷克西的玛祖卡舞曲,去年冬天,那些手摇风琴手在我的窗下曾演奏过这首曲子。过去我都听烦了,可今天再次听到这首舞曲却让我激动得热泪盈眶。

啊!第三军团的乐师们是多么幸福呀!他们眼睛盯着那些十六音符,陶醉在节奏和热烈的乐曲声中。他们什么也不想,只数着他们的节拍。他们的情感,他们的全部情感都维系在这似巴掌大小的乐谱之中,手指在两个铜制弦架之间的琴弦上来回颤动。"一、二、三,开始!"对这些正直的人而言,这口令就是他们的全部生命,他们所演奏的那些民族乐曲从未勾起他们的思乡之情……咳!我不是搞音乐的,可这首乐曲却让我十分难过,我转身走开了。

这个阴雨绵绵的星期日下午,我又能到哪儿去呢?西多玛尔的店铺正好还开着,就去他的店里吧!

西多玛尔虽然开着一间店铺,但他却不以经营店铺为生。他出身王族,是阿尔及尔一位旧台伊①之子,台伊被土耳其近卫军的士兵绞死了……父亲死后,便带着深受他爱戴的母亲躲到了米里亚纳,在这儿过了几年贵族老爷般的生活,家中养了许多猎犬、猎隼、骏马,还有众多的女人陪伴在他左右,他的宫殿既漂亮又凉爽,到处都是喷泉,园子里栽满了橙树。后来法国人来了。西多玛尔起初与我们为敌,同阿布德·卡代尔酋长结了盟,后来因与酋长失和,转而归顺了法国。酋长为了报复他的背叛行为,便趁西多玛尔不在家时闯入米里亚纳,洗劫了他的宫殿,铲平了他的橙园,掠走了他的马匹和女人,用一个大木箱的盖子将他母亲的脖子压断……西多玛尔愤怒极了,即刻转而加入法国人的阵营,后来在与酋长作战的过程中,他成了我们阵营中最勇敢、最凶狠的士兵。战争结束后,西多玛尔重返米里亚纳,即使今天当着他的面谈起阿布德·卡代尔时,他还会恼怒得脸色发白,眼里闪着凶光。

西多玛尔已六十多岁了。尽管年事已高,脸上又长着麻子,但他的面容依然很帅:长长的睫毛,眼睛像女人的媚眼,迷人的微笑,一副王者之相。战争夺去了他的大部分财富,过去那种富足的日子没有了,他只剩下谢利大平原上的一个农庄和米里亚纳的一所房子,在这儿,他哺育着三个儿子,与他们一起过着舒适的生活。当地的首领对他十分尊敬。当地人发生纠纷时,都愿意找他调解,他的评断几乎总是十分公正。他很少出门,在紧邻自己房子处,临街开了一间店铺,他每天下午都待在这店铺里。这店里的家具并不奢华:四周墙壁用石灰刷白,一条环形长凳,几个坐垫,几杆长烟斗,两只炭火盆……西多玛尔就在这儿会客,调解纠纷,俨然一个店铺里的所罗门王。

---

① 奥斯曼帝国在阿尔及尔的统治者。

今天恰好是星期日，店铺里拥满了人。十几位首领，身披呢斗篷，围大厅蹲了一圈，每人手边有一杆长烟斗和一小杯咖啡，那咖啡杯是精美的镶金丝鸡蛋盅。我走进店里，谁也不动弹……西多玛尔在他的座位上冲我送来最迷人的微笑，用手示意我坐到他旁边，坐在一个黄色的丝垫上，然后，他将手指放在嘴唇上，示意要我听着。

待判决的案子是这样的：贝尼祖祖人的首领为一小块土地与米里亚纳的一位犹太人闹起了纠纷，双方商定要将这纠纷面陈给西多玛尔，而且完全服从他的评判。双方约定当天就去找西多玛尔，证人也都找好了。可这位犹太人却突然改变了主意，他没带证人，独自一人跑到这儿，声称他更愿意把这事托付给法国治安法官，而不愿让西多玛尔去裁定……我到的时候，这事正说到这儿。

这位犹太人是个老头，蓄着土灰色的络腮胡子，上着栗色外衣，脚穿蓝色长袜，头戴一顶绒帽，正扬着头，用哀求的眼神四下观望，吻着西多玛尔的拖鞋，弯下身，跪倒在地，双手合十……我不懂阿拉伯语，但看着犹太人表意的这些动作，听他时刻挂在嘴边的字眼："治安法官，治安法官"，我猜测着他那精彩的演讲：

"我们并非不信任西多玛尔，西多玛尔是圣贤，西多玛尔是公正的……可治安法官会把我们这事处理得更好。"

听众虽然很愤怒，但依然不动声色，保持着一个阿拉伯人应有的沉着……而西多玛尔这位戏弄人的大师却躺在坐垫上，目光呆滞，嘴上叼着一只琥珀烟嘴的烟斗，脸上堆着笑，听着这人的陈述。犹太人说得正起劲时，突然，一声"活见鬼！"打断了他的话。与此同时，一位来此给首领做证人的西班牙移民离开座位，走近伊斯卡里奥特，劈头盖脸地把他臭骂一顿，所有语言的咒语都让他用遍了,其中还包括某些极为粗俗的法语词,这些词真是不堪入耳……西多玛尔的儿子懂法语,当着父亲的面听到那些字眼后不禁脸红了,于是便走出大厅。请记住阿拉伯教育的这一特点。听众依然不动声色,西多玛尔照旧一成不变地微笑着,犹太人站起身,向门口退去,吓得浑身直哆嗦,可嘴里却更起劲地唠叨着那始终挂在嘴边的词"治安法官,治安法官"……他出了门,西班牙人愤怒地追了出去,在街上抓住了他,噼!啪!扇了他两个耳光……待西班牙人一回到店里,犹太人站起来,用阴险的目光环视着周围的人群,他们身着五颜六色的服装,而且肤色也完全不同:有马耳他人,马翁人,黑人,阿拉伯人。对犹太人的恨使他们聚到一起,看到一个犹太人当众受辱真让他们开心……伊斯卡里奥特犹豫了片刻,拉住了一位阿拉伯人的长袍下摆:

"你看见了,阿什迈德,你看见了……你就在场,那个基督徒打了我……你是见证人……好啦,你就是见证人。"

那阿拉伯人抽回他的长袍,推开犹太人……他什么也不知道,什么也没看见,因为当时他正回头看别的……

"可是,你,卡杜尔,你看见了,你看见那基督徒在打我。"可怜的伊斯卡里奥特朝一个黑人喊着,这胖黑人手里正在剥仙人果。

那黑人吐了口唾沫,露出鄙夷的样子,然后就走开了……这个矮个子马耳他人什么也没看见,他那黑黝黝的眼睛在方帽下闪着凶光。那位娇小的马翁女子也什么没看见,这女人的肌肤呈砖红色,头上顶着一筐石榴,笑着溜走了……

犹太人喊着,央求着,来回奔忙着,但毫无结果……没有一个证人,大家什么也没看见……幸亏这时有两个教友从此地路过,他们正低着头,贴着围墙走。犹太人发现了他们俩:

"快，快，我的兄弟！快去找代理人，去找治安法官！……你们这些人其实全看见了……你们看见有人在打老人！"

但愿他们都看见了！……可我觉得他们确实看见了。

……西多玛尔的店铺里一片欢声笑语……咖啡馆的老板为所有的杯子斟满了咖啡，将大家的烟斗也都一一点燃。大家尽情地聊着，不时放声大笑。目睹一个犹太人挨一顿暴打真是开心！……在这满屋烟雾和闹哄哄的气氛中，我悄然来到门口，我想到犹太人聚居区里转转，了解一下伊斯卡里奥特的教友们是如何看待自己的兄弟遭受羞辱的……

"今晚来吃饭吧，先生。"老好人西多玛尔朝我喊道。

我答应下来，并向他表示谢意，然后便走了出去。

在犹太人聚居区里，大家都义愤填膺。这事已经闹大了，所有店铺里都空无一人，绣花工人，裁缝，制皮件工，整个犹太街区的人都上了街……男人们头戴丝绒鸭舌帽，脚穿蓝色长袜，三个一群，五个一伙地大声喊着，还不停地挥动着手臂……女人们脸色苍白，面颊浮肿，身穿平庸的连衣裙，胸襟饰金，显得十分呆板，倒更像个木偶。她们戴着黑色头巾，在人群里奔来奔去，发出刺耳的叫声……我到的时候，人群里生出一阵骚动。大家前呼后拥，你推我搡……在证人的搀扶下，那位犹太人，即这个事件的英雄人物，在一片鼓励声中，从头戴鸭舌帽的人群中穿过：

"你要报仇呀，兄弟，为我们报仇，为犹太民族报仇。什么也别怕，你有权捍卫自己。"

一个丑陋的侏儒，身上发出一股松脂和旧皮革的臭味，带着一副可怜相，向我靠过来，粗重地叹着气：

"你瞧，"他对我说，"这帮可怜的犹太人，他们怎么这么对待我们呢！他可是个老人啊！他们快把他弄死了。"

说实在的，可怜的伊斯卡里奥特，除了嘴还在喘气，已经和死人无甚两样。他从我面前经过时，双眼暗淡无光，面容委顿，连腿都迈不开，脚在一步一步地挪……得给他一笔赔偿金才能挽救他，因此大家并未送他去看医生，而是带他去找代理人。

阿尔及利亚有许多代理人，几乎和蝗虫一样多。这个职业似乎很吃香。不管怎么样，这个职业的优势是：入门无障碍，不需考试，不用交保金，也不必接受培训。正像在巴黎我们都去当作家一样，在阿尔及利亚，人人都去当代理人。为此只需懂点法语、西班牙语、阿拉伯语，皮包里总装着一本法典就行了，当然首先要有干这行的气质。

代理人的职能可谓是五花八门，他们可以是律师、诉讼代理人、经纪人、鉴定人、翻译、记账员、掮客、代笔人，是殖民地的"雅克师傅"①。不过阿巴贡②只有一位"雅克师傅"，而殖民地所拥有的"雅克师傅"却大大超过其需要。仅在米里亚纳一地，他们竟然有一打之众。为减少办公费用，他们往往在大广场的咖啡馆里接待他们的当事人，为这些人提供咨询服务——难道他们真的提供了吗？当然还要佐以苦艾酒和掺酒的咖啡。

可敬的伊斯卡里奥特在两位证人的陪伴下，向大广场咖啡馆走去。咱们就不跟着他了。

从犹太人聚集区出来时，恰好经过阿拉伯事务管理所，这幢房子屋顶铺着石板瓦，一面法国国旗在屋顶上迎风飘扬。从外观上看，人们会把这幢房子当作镇政府。我认识这里的翻译，还是进去和他一起抽一支烟吧。我一支接一支地抽，最终总会把这个没有阳

---

① 雅克师傅，莫里哀的喜剧《吝啬鬼》中身兼厨师和马夫的人物。
② 阿巴贡，莫里哀的喜剧《吝啬鬼》中的主角。

光的星期日消磨掉。

管理所前的院子里拥满了衣衫褴褛的阿拉伯人,足有五十来人在等着接见,他们穿着长袍,沿墙蹲着。这个贝督因人的候见场所虽然是个露天的院子,但仍散发出一股很冲的汗臭味。咱们快点过去吧……在管理所里我见翻译正和两个嗓门很高的人谈话,这两人光着身子,各披一条脏兮兮的长毯子,发疯似的比划着,讲述一串念珠被盗的经过。我坐在屋角的一张席子上,看着他们……翻译穿的那套服装十分漂亮,米里亚纳的翻译穿上这套服装可真帅!衣服和人相得益彰。服装是天蓝色的,佩着黑色的胸饰和闪闪发亮的金纽扣。翻译长着一头卷曲的金发,脸膛微红,俨然一个富有幽默感和幻想的漂亮的轻骑兵。他相当健谈,他会讲那么多种语言!他对世事总持怀疑态度,他肯定在东方语言学校里结识了勒南①!他还是体育运动的爱好者,到野外露宿就像参加区长夫人的晚会一样那么惬意。他跳起玛祖卡舞来风度翩翩,比任何人跳得都好;他做的古斯古斯②,那味道无人能比。总之一句话,他是个无所不能的巴黎人,也正是我心目中的男人。要是女人都迷恋上他,你们可别见怪啊……要说讲究穿戴,他只有一个对手,就是管理所的那位中士。中士身穿细呢制服,扎着护腿,护腿上镶着螺钿纽扣,全军营的人都自愧弗如,因而不少人都嫉妒他,他被派到管理所之后,就不用再干原来的苦差事。他总是在各条街上转来转去,戴着白手套,烫着卷发,腋下夹着一摞登记簿。大家羡慕他,可又特别怕他,因为他十分专横。

念珠被盗事件解决起来显然要拖很长时间,那就再见了!我也

---

① 欧内斯特·勒南(1823—1892),法国作家。
② 古斯古斯,北非地区的一种食物,将粗面粉筛成颗粒状,蒸熟后配肉和辣汁。

不等结果了。

就在我动身之际，院子里一片欢腾。大家纷纷拥向一个高大的当地人，他面色苍白，却气宇轩昂，身上裹着一件黑色长袍。一周前，他在扎卡尔山里与一只豹子搏斗。豹子被打死了，可他的半条胳膊却被咬掉了。每天早晨、晚上他都要到管理所来换药。每一次大家都在院子里围住他，要他讲与豹子搏斗的故事。他用浓重的喉音慢慢地说着，不时还撩开长袍，向众人露出他那受伤的胳膊，伤臂吊在胸前，包扎伤口的布上渗出斑斑血迹。

我刚走到大街上，突然下起了暴雨。真是风雨交加，电闪雷鸣……咱们快点去避雨。我随即穿过一扇大门，猛然闯进一群波西米亚人的聚居地，他们都拥在一个摩尔式院子的拱廊之下。这个院子与米里亚纳清真寺相毗邻，是穆斯林赤贫者的栖身之地，又称"穷人院"。

几只身上长满虱子的瘦瘦的大猎狗在我身边凶恶地转来转去。我背靠着回廊的一根柱子，竭力装作泰然自若的样子，不和任何人说话，只是看着那哗哗的雨柱，雨点落在院内彩色石板上泛起点点水泡。波西米亚人都卧在地上，几个人挤在一起。我身旁有一位略有几分姿色的年轻女子，她的领口敞开着，腿也裸露着，手腕和脚踝上都套着大大的铁镯子。她嘴里唱着一首奇怪的五音不全的曲子，曲调显得很凄凉而且鼻音很重。她一边唱着小曲，一边在给一个肌肤呈红铜色、光着身子的小孩喂奶。她用另一只空闲的手在石臼里捣大麦。大雨在狂风的肆虐下，不时将母亲的双腿和小孩的身子打湿了。这位波西米亚女子对此毫不在乎，继续在狂风中一边唱着曲子，一边捣小麦、喂孩子。

雨势弱了下来。我利用雨停的间隙赶紧离开这神奇般的院子，我径直朝西多玛尔家走去，到他家去吃晚饭，该到吃饭的时候了……当我穿过大广场时，又碰到了下午见到的那位犹太老人。他倚在代理人身上，身后跟着证人，他们兴高采烈地走着，一群淘气的犹太小孩在他们周围蹦来蹦去……大家都是喜形于色。代理人负责此案，他将要求法庭赔偿两千法郎。

在西多玛尔家，晚宴极为丰盛。餐厅朝向一个幽雅的摩尔式的院子，两三座喷泉发出动听的流水声……这顿土耳其饭做得棒极了，是按布里斯男爵①的菜谱烹制的。在众多的菜肴中，我特别注意到一盘杏仁鸡，一盘香草古斯古斯，一盘肉炖甲鱼，这道菜有点腻，但味道极佳，还有那种叫"法官一口酥"的蜜制饼干……佐餐酒只有香槟。尽管受伊斯兰戒律的制约，西多玛尔还是喝一点酒，但要待仆人转过身的时候才喝……晚宴后，我们来到主人的起居室，仆人们紧接着送来了果酱、烟斗和咖啡……这房间里的家具极为简陋：一个长沙发，几张席子，房间尽里头，摆着一张很高的大床，床上随意摆着几个带绣金图案的小靠垫……墙上挂着一幅旧的土耳其画，画面上描绘了一个叫哈马迪的海军司令的丰功伟绩。土耳其的画家似乎画一幅画时只用一种颜色：这幅画的主色是绿色。大海、蓝天、军舰、哈马迪司令本人，整个画面都是绿色，而且特别绿！……

阿拉伯人的习惯是饭后尽早与主人告辞。咖啡喝过了，烟斗也抽了，我向主人道了晚安，离开了他和他的妻妾们。

我到哪儿去打发这夜晚呢？现在回去睡觉还太早，北非骑兵的号手尚未吹响归营号呢。况且西多玛尔的金色靠垫依然在我眼前跳着梦幻般的法朗多拉舞，让我无法入睡……我来到了剧院门前，进去看看吧。

---

① 布里斯男爵(1813—1876)，法国美食家，曾著多卷有关烹饪的书。

米里亚纳剧院的前身是一座草料仓库，勉强被改装成演出大厅。几盏巨大的油罐灯在幕间休息时被灌满油，做照明的吊灯使用。正厅后排的观众都站着，而乐队的乐手们则坐在长凳上。楼座里的观众很得意，因为他们都有草编的椅子坐……演出大厅周围是一条长长的走廊，走廊里光线很暗，也没有铺木地板……人们还以为走在大街上呢，况且真是街上有什么这里也有什么……我进来时，节目已经开始了。令我吃惊的是，那些演员真的很不错，我是指那些男演员，他们生气勃勃，充满了活力……他们几乎全是业余演员，是第三军团的士兵，军团为他们而感到自豪，每天晚上都来为他们喝彩。

至于女演员，咳！……依然是省城小剧院里永不改变的女角色，一直没有一点变化。她们自负、夸张又十分做作……然而在这些女角里有两个人引起我的注意，是两位米里亚纳的犹太姑娘，很年轻，刚刚步入演艺界……她们的父母都在大厅里，而且看上去很高兴。他们坚信女儿干这行能挣上几千杜罗①。拉歇尔②，这位犹太人的骄傲，这位百万富翁及著名演员的传奇生涯已在东方犹太人中广为流传。

在舞台上，没有比这两个犹太小姑娘更滑稽、更感人的了……她们羞怯地站在舞台一角，搽着粉，涂着胭脂，袒胸露臂，身体僵直。她们感到很冷，但更感到害羞。不时从她们嘴里蹦出一句含混不清的台词，连她们自己也不解其意。在道白时，她们用希伯来族所特有的大眼睛惊恐地望着台下。

我从剧院走出来……四周漆黑一片，我走着走着，猛然听见广

---

① 杜罗，西班牙的一种银币，相当于五个比塞塔。
② 拉歇尔(1821—1858)，法国著名的悲剧演员。

场的一角传来喊声……大概几个马耳他人正在动刀子打架呢……

我慢慢地沿着城墙回到饭店。一股股橙树和崖柏那清新的香味从平原上升起。空气柔和，夜空清湛……那边，在路的尽头，一堵老墙矗立在那儿，像个幽灵似的，这是某个古寺的遗迹。这墙是神圣的，阿拉伯妇女每天都要往这墙上挂她们的还愿物：有做袍子的布片，贵重的布料头；有用银线相系的长长的红棕色的发辫，长袍的下摆……所有这些还愿物都在淡淡的月光下，在温和宜人的夜风中摆动着……

蝗 虫[1]

又是一篇阿尔及利亚的游记，然后我们就会回到磨坊去……

我到萨海尔农庄的那天夜里，怎么也睡不着。新到异地、旅途的颠簸、豺狼的尖叫，再加上让人难以忍受的酷热，让我夜不能寐，那闷热的天气似乎要把人憋死，就连蚊帐的细孔都透不过一丝风……天蒙蒙亮时，我打开窗户，夏天沉闷的雾气在慢慢飘动，就像战场上弥漫的硝烟，朝霞的粉红色和尚未退去的黑夜装饰着这雾气的边缘。树叶一动也不动，在我眼下这片美丽的花园里，葡萄苗井然有序地种在山坡地上，正是强烈的日照使葡萄酒带有丝丝甜意；运往欧洲的水果掩在绿荫的一角里，橙树苗、橘树苗整齐划一地栽在苗圃里，所有的景致看上去都很沉闷，树叶纹丝不动，预示着暴雨将要来临。而香蕉树呢，好似淡绿色的大芦苇，不知从何处飘来的微风总会摇动它的叶子，将它那轻柔的叶发吹得乱蓬蓬的。这一行行香蕉树像排列整齐的羽毛饰幽静而挺拔地矗立在花园里。

我望着这座神奇的植物园，望了好一阵。全世界各种植物都聚集在这座园子里，在新环境下，依然按照各自的季节开花、结果。在一望无际的麦田和大片的木栓槠林之间，流淌着一条小河，水波粼粼，在这个热得令人窒息的清晨，看着这水面顿觉有了一丝凉

---

[1] 本文最初发表于1873年3月25日的《公益报》上。——原注

意。这座漂亮的农庄门前建着摩尔式的拱廊，平台被晨曦映得雪白，农庄周围建有马厩和库房。这里的植物是那么茂盛，景致是那么和谐有序，真让我感慨万千，我一边欣赏着这景致，一边在想，二十年前，当这些正直的人在萨海尔山谷落户时，这里只有养路工用的简易木棚，一块贫瘠的土地，上面稀稀疏疏地立着难看的棕榈树和乳香黄连树。一切都要用双手去创造，去建设。每时每刻还有阿拉伯人在反抗，还要放下犁，拿起枪。后来便是病虐横行：眼炎，发烧。遭遇过颗粒无收的窘境，在失败中摸索经验，还要与迟钝的、甚至总是优柔寡断的行政当局周旋。这要花多大心血呀！要付出多么艰辛的劳作啊！

即使在现在，尽管那艰辛的岁月已成过去，尽管历经坎坷之后已获取了这笔财富，但在整个农庄里，每天第一个起床的仍然是创业的夫妻俩。这一大早，我就听见他们俩在底层的厨房里走来走去，为劳工们煮咖啡。晨钟很快就会敲响，再过一会儿，工人们便会上路去劳作。他们当中有来自勃艮第的葡萄种植工人，有衣衫褴褛、头戴红色小圆帽从事耕作的卡比尔人，有赤裸着双腿专挖土方的马翁人，还有马耳他人，卢克人；这些人反差极大，很难领导。农庄主在大门前为他们每个人派活，话语短促，还略显粗暴。他派完当天的活计后，这位正直的人便抬起头，看了一眼天空，露出焦虑的神态，然后，他见我站在窗前，便对我说：

"今天耕作可不是个好天气，南方焚风马上就来了。"

确实如此，随着太阳逐渐升高，团团令人窒息的、滚烫的热气从南方吹过来，就像火炉炉门打开时带出的热气一样。大家真不知该躲在什么地方才好，也不知将会热成什么样子。整个上午就在这煎熬中过去了。我们坐在走廊的席子上喝着咖啡，已经连说话的劲儿都没有了，更不要说起来走动了。看家狗卧在地上，不断寻找凉爽的地砖，那卧姿看着真让人难受。午饭倒稍稍给我们添了点精神，午饭很丰盛，也很有特色：有鲤鱼、鳟鱼、野猪肉、刺猬肉、塔斯乌埃利的黄油、克雷西亚的红葡萄酒、番石榴、香蕉，都是一些不常见的菜肴，与我们周围奇特的自然景观相映成趣……我们吃完饭正要起身时，突然从落地窗外传来高声叫喊，尽管为防止园子里的热气涌入室内落地窗关得很严。

"蝗虫！蝗虫！"

我的主人立刻脸色刷白，就像突然获悉某一灾难似的，我们赶紧跑到屋外。刚才这宅院里还是那么宁静，但十分钟之内，到处都响着匆忙的脚步声，含混不清的话语声，夹杂着刚睡醒的人在忙乱中弄出的响声。仆人们都在前厅就寝，他们从前厅的阴凉处冲出来，抓起棍子、木叉、门闩，以及所有随手能抄起的金属器具，使劲敲着铜锅、水盆、炒锅。牧羊人吹响了放牧的号角。还有人吹起了海螺、猎号。顿时这极不协调、甚至有些恐怖的嘈杂声响成一片，从邻近村镇跑过来的阿拉伯妇女，嘴里"呕，呕"地喊着，这尖声喊叫将那一片嘈杂声盖了过去。看来常常只需巨大的噪声，空气中音波的震颤就能把蝗虫轰走，不让它们落下来。

但这些可怕的昆虫到底在哪儿呢？在那热气蒸腾的空中，只见一大片密集的赤褐色的云团从天际处飞来，就像带着雹子的乌云，发出暴风雨来临时在林中听到的呼啸声，这就是蝗虫。它们展开干爽的双翅，密密麻麻成群地飞过来，尽管我们不停地高喊、使劲轰，但这蝗虫云团继续往前飞，在平原上投下一片巨大的阴影。它们很快便飞到我们头顶上，在这云团的边缘处，瞬间生出一个毛边，出现了裂缝，一些清晰可辨、褐红色的蝗虫落了下来，宛如骤雨中最先落下的冰雹，接着这一大群蝗虫全落下来了，像雹子似的噼里啪啦落在地上。那一望无际的田野即刻盖满了蝗虫，有的大蝗虫竟像手指那么粗。

于是，灭蝗行动开始了。碾死蝗虫发出的声响真是难听，就像在碾碎稻草。人们用钉齿耙、用镐、用犁拍打着蝗虫，似乎在翻动这层移动的土壤。但越打蝗虫好像越多。它们那高高的后肢缠在一起，一层一层地涌动着；最上面这一层蝗虫绝望地跳跃着，跳到马鼻子底下，马拉着犁在干着灭蝗这件奇特的工作。农庄的看家狗以及附近村镇里的狗都纷纷跑到田里向蝗虫猛扑过去，疯狂地踩着蝗虫。这时，两个阿尔及利亚步兵连，吹着号角赶来帮助不幸的移民，灭蝗也换了一种方式。

士兵们并不去拍打、碾死蝗虫，而是点燃长长的导火线来烧它们。

灭蝗行动搞得我筋疲力尽，蝗虫的恶臭让我恶心，我慢慢地往回走。农庄里的蝗虫几乎和外面的一样多。它们通过门缝、窗缝、壁炉洞爬进来。在细木护壁板的边缘处，在那被啃得不成样的窗帘里，蝗虫有爬着的，有从高处落下来的，还有来回飞跃的；白墙上也爬满了蝗虫，黑压压的一片，显得极为丑陋。还有那总也除不去的臭味。晚饭时，水也无法使用了。蓄水罐、水池、水井、养鱼池都受到了污染。夜晚，尽管仆人已在这间房里打死了许多蝗虫，但在我的房间里依然能听到家具下面发出的窸窣的涌动声，这种鞘翅类昆虫的撕裂声竟与豆荚在炎热的天气里爆裂开的响声相似。这一夜我依然无法入睡。况且，农庄周围的人都没睡。在平原上，火焰依然贴着地面在燃烧着。阿尔及利亚步兵仍在继续灭蝗。

第二天，当我像前一天那样打开窗户时，蝗虫已经飞走了，但给这地区造成的毁坏真是惨不忍睹！花没有了，草皮也光了，到处黑茫茫一片，植物被啃得精光，大地涂炭。香蕉树、杏树、桃树、橘树只能通过光秃秃的树干才能分辨出来，但它们已没了那娇媚的风采，正是那簌簌飘动的树叶才使树木生机勃勃。大家都在清洗盛水设施，清洗蓄水罐。农工们在翻耕土地，以消灭蝗虫留下的虫卵。每一寸土地都要翻过来，精心地被打碎。看着这条条充满汁液、白白的树根暴露在一片狼藉的沃土上，真让人心里难过极了……

戈谢神父的药酒[1]

"把这酒喝下去,我的邻居,您会赞不绝口的。"

格拉维松神父一滴一滴、小心翼翼地为我斟了一杯底烧酒,他精心斟每一滴酒的劲头,就像珠宝商在数珍珠一样。这烧酒虽尚未酿熟,但却金灿灿、热乎乎的,熠熠生辉,味道美极了……喝得我胃里暖融融的。

"这是戈谢神父的药酒,是咱们普罗旺斯快乐和健康的保障,"这位憨厚的神父得意洋洋地对我说,"这酒是在普雷蒙特莱修道院里酿造的,那儿离您的磨坊只有两法里远……这是不是比全世界所有的查尔特勒酒都好喝?……这药酒的故事可有趣了,您要知道这故事该多好呀!那您就听着吧……"

神父住所的客厅里挂着一组小幅图画的耶稣受难图,漂亮的浅色窗帘浆得像白色法衣似的,神父就在这间如此圣洁、如此幽静的客厅里活灵活现、毫不夸张地讲述了一段故事,尽管这故事让人将信将疑,又略显不恭,就像埃拉姆斯[2]或阿苏西[3]的寓言故事。

二十年前,普雷蒙特莱的修士们,按我们普罗旺斯人的叫法,

---

[1] 本文最初发表于1869年10月2日的《费加罗报》上。——原注
[2] 埃拉姆斯(1469—1536),荷兰人文主义者。
[3] 阿苏西(1605—1665),法国讽刺作家。

也就是白衣神父们都陷入深深的苦难之中。您要是看见当时他们的住所,您心里也会难过的。

修道院的高墙及巴科姆钟楼就要塌了。修道院内回廊的四周杂草丛生,回廊的小圆柱也都裂了,石刻的圣像歪倒在神龛里。彩绘玻璃窗全倒了,大门也都掉了。罗讷河上的风一直刮到修道院的院子里,刮进小教堂里,你感觉不是在教堂内,而是仿佛置身于卡马尔格大荒野里似的。风吹熄了大蜡烛,吹断了玻璃窗上的铅条,刮走了圣水盆里的圣水。然而,最凄惨的是修道院的钟楼,楼内无钟可敲,静得像个空鸽子窝,修士们手中无钱,买不起钟,只有靠敲杏木响板来报早祷的时间。

可怜的白衣神父!他们整天靠南瓜和西瓜充饥,面色苍白,体质孱弱;在圣体瞻礼仪式上,他们穿着打着补丁的无袖外套,在仪式列队里闷闷不乐地走着;院长大人跟在他们后面,低着头,因露出他那褪了色的法衣及被虫蛀的白色羊毛主教帽而感到无地自容,他们那副寒酸相,我至今仍记忆犹新。慈善会的善女们在列队里都流下了眼泪。粗壮的旗手对这些可怜的修士们戳戳点点,相互低声讥笑他们。

"群飞的椋鸟越飞越瘦。"

其实,这些不幸的白衣神父自己都在琢磨,是否最好远走高飞,各奔东西,去找活路。

然而,一天,大家在教士会议上就这个重要问题进行辩论时,有人来向院长报告,说戈谢修士请求在会议上申述自己的主张……其实您知道了也无妨,这个戈谢修士原来在修道院里只管放牛,也就是说,他整天在院子里来回溜达,赶着两头骨瘦如柴的奶牛,从这个拱廊走到那个拱廊,让它们在石板地的缝上找草吃。他小时候被该地区的一个疯老太婆收养,这位人称贝贡大婶的老太太一直抚

戈谢神父的药酒 169

养他到十二岁。十二岁以后他便被修士们收留下来,这个不幸的放牛郎什么都没学会,只会放牧,还会背天主经,而且还只会用普罗旺斯语背诵天主经。他很固执,但却还有点灵气,真是既顽固不化又自作聪明。虽然他脑子里有时会出现宗教幻象,但他确实是个虔诚的基督徒,他身穿苦衣不觉得难受,自行鞭笞时极为认真,用自己粗壮的胳膊使劲地抽!……

他走进会议厅,将腿向后弯一下,向大家施了个礼,见他那愚笨、憨态可掬的样子,院长、议事司铎、司库以及所有与会者都哈哈大笑起来。他心慈面善,头发灰白,蓄着山羊胡,眼神略显疯癫,他这副面孔不管在哪儿,只要一露面,便会即刻引起哄堂大笑,但戈谢修士却依然摆出一本正经的样子。

"尊敬的神父,"他一边捻着用橄榄核做的念珠,一边憨声憨气地说道,"俗话说空桶敲出的声儿最好听,这很有道理。你们想想看,我这脑袋本来就空荡无物,可我还是绞尽了脑汁,我觉得找到了让大家摆脱困境的办法。

"是这么回事,大家都知道贝贡大婶,就是曾抚养过我的那位善良的女人(这个老疯婆,上帝收走了她的灵魂!她酒后唱的那些歌可真难听)。我要告诉你们,尊敬的神父,贝贡大婶活着的时候,对山上的各种草木了如指掌,那本领远远胜过科西嘉的老乌鸫。甚至她在晚年时,还将五六种药草混在一起,酿制了一种无与伦比的药酒,那药草还是我们一起在阿尔卑斯山上采的呢。这事已经过去好多年了,可我想在圣奥古斯丁的鼎力协助下,再加上咱们院长大人的批准,我只要好好找找,说不定还真能找到这神秘药酒的配方。到那时候,我们只需将药酒装到瓶子里,再卖个稍微好点的价格,一定会让咱们修会慢慢地富起来,就像苦修会和大查尔特勒修会的教士们所做的那样……"

还没等他把话说完，院长便站起身，扑过去拥抱他，议事司铎们拉住他的双手，司库显得比其他人都激动，竟恭恭敬敬地吻起他的风帽边来……接着，大家又都回到原座继续磋商。会后当场决定，将奶牛交给特拉希布尔修士看管，好让戈谢修士全力以赴酿造药酒。

这位善良的修士究竟如何找到贝贡大婶的秘方，究竟耗费了多大的力气，又度过了多少不眠之夜呢？故事并未讲明这一切。但六个月以后，白衣神父的药酒已深受大家的喜爱，这一点毋庸置疑。在整个贡达省、整个阿尔勒地区，每一座农庄，每一个谷仓都在食物贮存室的深处存上一瓶药酒，摆在一瓶瓶烧酒和一罐罐腌橄榄当中，这药酒装在褐色的小陶土瓶里，瓶口用普罗旺斯的徽章封印，银色的标签上印着喜笑颜开的修士头像。靠着这风靡一时的药酒，普雷蒙特莱修道院很快便富裕起来。巴科姆钟楼又重新竖立起来，院长也有了新的主教冠，教堂又装上了漂亮的、制作精细的彩色玻璃；钟楼也装上了精美的花边饰，大钟和钟铃整齐地挂在钟楼上，在复活节那阳光明媚的清晨，大钟叮当，排钟齐鸣，钟声响彻云霄。

至于戈谢修士嘛，这位凡夫俗子，这个在教士会议上给人当笑料的土里土气的修士，在修道院里再也不会遭人耻笑了。自那以后，他在众人眼里便成了尊敬的戈谢神父，是一个有头脑而且知识渊博的人。教堂里琐碎纷杂的事情也不再让他管了，他独自一人，整天关在蒸馏室里，与此同时，三十位修士为他满山遍野寻找草药……这间蒸馏室的前身是一座废弃的小教堂，位于议事司铎的花园尽头，任何人都无权进入，甚至院长也不例外。天真幼稚而又心地善良的神父们都把这儿当做作一个神秘莫测、令人生畏的地方。偶尔有个胆大的、好奇的小教士，顺着葡萄藤一直爬到大门的饰花处，刚向里望了一眼，便被吓得摔了下来。他瞧见戈谢神父蓄着和巫师一样的络腮胡子，在火炉前弯着腰，手里拿着酒精比重计，周围摆满了粉红色粗陶蒸馏罐、庞大的蒸馏器、玻璃蛇形管，都是稀奇古怪的东西，在彩色玻璃窗红光的映照下，闪着妖火……

傍晚时分，当最后一次三经钟敲响时，这座神秘之地的大门便悄然打开，尊敬的神父要去做晚祷。真该看看他穿过修道院时众人欢迎他的那种场面！修士们在他所经之处夹道迎接他。大家纷纷说道："别出声！……他有秘诀……"

司库紧跟在他后面，低声下气地和他说着话……受到大家的恭维又听着奉承话，神父边走边擦着额头，宽檐三角帽向后仰戴着，就像披着一束光环，十分得意地环视四周，看着那种满橙树的大院子，那装上新风标的蓝色屋顶，那些穿着新装、容光焕发的议事司铎们，他们成双成对地行走在白得耀眼的圆廊里，往来于花团锦簇而又典雅的廊柱之间。

"所有这一切都是我的功劳！"尊敬的神父自言自语道，每次脑子里闪过这念头，他便不禁多生出几分傲气。

这个可怜的家伙为此而遭受惩罚。不信您瞧着……

一天晚上，在做晚祷时，他异常兴奋地来到教堂，满脸通红，喘着粗气，歪戴着风帽，心不在焉，蘸圣水时，将衣袖甩到水里，弄湿了半条衣袖。大家起初以为他这是因迟到感到紧张所致，但后来见他不向主祭坛施礼，反而却频频向管风琴及廊台施大礼，像一股风似的穿过教堂，在祭坛里转悠了足足五分钟来找自己的祷告席。他在位子上坐好后，又左点一下头，右哈一下腰，面带微笑，露出一副怡然自得的神气，这时，众人才吃惊不已，三个小殿堂里顿时议论纷纷，日课经已念了好几段，可这议论还未停止。

"戈谢神父怎么了？……戈谢神父这是怎么了？"

有两次,院长实在看不过去了,便用权杖敲敲石板地,要大家安静……那边,在祭坛的深处,赞美歌依然在唱着,但应答随唱的人却显得无精打采的。

当圣母经咏诵正酣时,戈谢神父突然仰面翻倒在他的位子上,并高声唱起来:

在巴黎有一位白衣神父,
巴达丹,巴达当,达拉班,达拉邦……

大家全都惊愕不已,站起身来,有人喊道:
"把他弄出去……他中邪了!"

议事司铎们在胸前画着十字,院长大人上下挥舞着权杖……但戈谢神父则视而不见,听而不闻,两个身强力壮的修士不得不把他从祭坛的小门里拖出去,他奋力挣扎着,像一个被驱赶的恶魔,嘴里"巴达丹,达拉邦"地唱得更欢了。

第二天,天刚亮,这位倒霉的神父便跪在院长的祈祷室里,痛哭流涕地反省自己的罪过:

"是药酒啊,大人,是药酒弄得我神魂颠倒。"他边说边捶打着自己的胸脯。

见他如此懊恼,如此悔恨,善良的院长深受感动。

"好啦,好啦,戈谢神父,别哭了,这一切都会过去的,就像阳光下的露水一样……总之一句话,这事没有您想象的那么严重,只不过那歌有点儿……嗨!嗨!……算了,但愿新来的修士们别听到这歌……现在,您跟我说说这到底是怎么回事……是不是品尝药酒的结果?您大概太笨了点……对,对,我明白,就像发明了火药的

戈谢神父的药酒　173

施瓦茨①修士那样,您成了您那发明的受害者……告诉我,我的好朋友,这个可怕的药酒,您一定要亲自品尝吗?"

"很不幸,大人,是这样的……试管只能告诉我酒劲的强弱和酒精度,但要想知道这酒是否完美,是否醇香,我只能相信我的舌头……"

"噢,是这样……但您再听我说几句……您品尝药酒时,是否觉得这酒很好喝?是否从中得到极大的乐趣呢?……"

"咳!大人,正是如此,"说到这儿,可怜的神父脸一下红起来,"这不,连着两个晚上了,我觉得这酒特别醇厚、芳香!……肯定是魔鬼在耍弄我……我决定从今以后只用试管。那酒液要是不晶莹剔透,口感不细腻,那我们就认倒霉吧……"

"可别这样,"院长怒冲冲地打断他的话,"可千万别让客户不满意……既然现在已经同您讲清了,那您应做的一切就是要控制住自己……好啦,您该怎么做才能把这酒品尝好呢?十五或二十滴酒总该够了吧?……就二十滴吧……要是到二十滴时魔鬼还来纠缠您,那它也太机灵了……另外,为了避免出差错,从今以后,我特许您不必来教堂做祈祷。您可以在蒸馏室里做晚祷……现在,您就静下心来吧,我的神父,尤其要数好那酒滴。"

唉!可怜的神父枉费了许多精力去数酒滴,魔鬼抓住了他,再也不撒手了。

这回是蒸馏室在听他那奇特的晚祷!

白天,一切都还很顺利,神父也相当平静,他准备着火炉、蒸馏器,仔细挑选药草,全是普罗旺斯的药草:细长的,灰色的,锯齿形的等等,都被太阳晒枯了,散发着香气……可到了晚上,当药

---

① 施瓦茨(1318—1384),德国修士,曾被认为是火药的发明人。

草全都泡制好，药酒在红铜大盆里变温和时，这个可怜人的苦难便开始了。

"十七……十八……十九……二十！"

酒液一滴一滴地通过芦苇管流入镀金的杯子里。神父将这二十滴酒一饮而尽，但却未尝出什么味道。唯有第二十一滴酒才勾起他还想喝的欲望。啊！这第二十一滴酒呀！……为了避开这诱惑，他跑到实验室的尽里头，跪在那儿，让自己沉浸在祷文之中。可那刚刚浸出的酒依然很热，一股沁人心脾的酒香飘出来，在他身边飘荡。他身不由己，又被这香气勾到了酒盆边……酒液呈漂亮的金绿色。神父向前弯下身子，翕动着鼻翼，用芦苇管轻轻地搅动，在这绿宝石色的琼浆玉液里仿佛涌动着闪亮的玉片，他好像从中看到贝贡大婶的双眼，她正面带笑意，喜盈盈地望着他……

"来吧，再来一滴！"

于是，倒霉的神父一滴接一滴地接下去，最终接了满满的一杯，这时他已筋疲力尽了，便倒在一把扶手椅上，全身放松，半闭着眼睛，一小口一小口地品尝着美酒，落入罪恶之渊，同时打着酒嗝，不无内疚地低声自语道：

"啊！我会入地狱的……我会入地狱的……"

然而，最可怕的是，在这药酒的深处，不知靠什么巫术，他竟然又找到了当年贝贡大婶所唱的那些难听的歌："三个长舌妇，说要摆酒宴……"再不就唱"安德烈师傅的牧羊女，独自走进树林里"，总挂在嘴边上的就是那曲出名的"巴达丹，巴达当"。

第二天，隔壁房间的修士带着几分恶意对他说：

"嘿！嘿！戈谢神父，您昨晚睡觉时，脑袋里是不是有知了呀。"您想想，听了这话，戈谢神父该多么羞愧呀。

于是，他痛哭流涕，绝望不已。用禁食、穿苦衣、鞭笞来惩罚自己，但依然抗不过药酒中的魔鬼，每天晚上的同一时刻，他都会被魔鬼缠身。

　　与此同时，订单像雪片一样飞进修道院，这真是上帝的恩惠。订单来自尼姆、艾克斯、阿维尼翁、马赛……日复一日，修道院俨然像一家小型酿酒厂。有的修士负责包装，有的修士管贴标签，还有管登记入账的，装车运输的。因而在向上帝祈祷时，他们不时会出现疏漏，钟也会少敲几下，可当地的穷人却没有任何损失，这一点我向您保证……

　　然而，一个阳光明媚的星期日上午，司库在修士会议上公布年终盘存表，善良的议事司铎们聚精会神地听着，眼睛里闪着光，脸上挂着微笑。这时戈谢神父猛然冲入会场中央，喊道：

　　"该结束了……我再也不干了……把奶牛还给我。"

　　"到底怎么了，戈谢神父？"院长问道，其实他已猜到其中的几分原因。

　　"怎么了？大人……我正为自己准备炼狱，永远受火刑的煎熬，永世挨叉子打……我喝酒，像个无耻之徒那样喝酒……"

　　"我不是对您说过，要您数酒滴吗？"

　　"哼，是的，是数酒滴！可现在得用杯子来数了……尊敬的神父们，我受够了。每天晚上要喝三小瓶……你们全都明白不能再这样下去了……现在你们爱找谁造这药酒就找谁造去吧……要是我还管这事，就让圣火把我烧死！"

　　整个会场里再也没人笑了。

　　"可是，您这个疯子，您这不是在毁我们吗！"司库一边摇着手里的账本，一边喊着。

　　"您想让我们下地狱吗？"

　　这时院长站了起来。

"尊敬的神父们，"院长说着伸出他那只秀气的白手掌，主教戒指在手上闪闪发光，"我们有办法把这一切都安排好……亲爱的孩子，那魔鬼是晚上出来引诱你，对吧？……"

"是的，院长先生，通常是每天晚上……因此，恕我冒昧，现在我一见天黑下来，就浑身冒汗，就像加比都的驴①见到驮鞍那样。"

"那么，好啦，请您放心……从现在起，每天晚上做晚祷时，我们要为您诵读圣奥古斯丁的大赦祈祷词，有我们为您祈祷，不论发生什么事，您都会受到保护……这是罪中赦罪。"

"噢，太好了！谢谢，院长先生！"

这样戈谢神父未提过多的要求，便又回去弄他的蒸馏器，像一只云雀一样轻盈而去。

的确，从这一刻起，晚课经结束时，主祭从不忘说：

"让我们为可怜的戈谢神父祈祷吧，他为了教会的利益而牺牲了他的灵魂……愿上帝与我们同在……"

头戴白色教士帽的教士们跪在大殿里做着祈祷，诵读声在教士们的头顶上嗡嗡地回荡着，就像习习的北风从雪地上吹过一样。与此同时，在修道院的尽里头，从蒸馏室映着火光的玻璃窗后面传来戈谢神父那声嘶力竭的歌声：

在巴黎有一位白衣神父，
巴达丹，巴达当，达拉班，达拉邦；
在巴黎有一位白衣神父，
让修女们翩翩起舞；

---

① 加比都的驴，普罗旺斯方言的一种比喻。

戈谢神父的药酒　　177

特兰，特兰，特兰，于小花园，
　　让……起舞翩跹。

唱到这儿，善良的神父猛然停住，惊恐地说：
"我的天哪！要是堂区教民听见我的歌可就糟了！"

在卡马尔格[1]

一 启程

城堡[2]里人声鼎沸。送信人刚刚送来猎场看护员的口信，他说法语时夹杂着许多普罗旺斯语，告诉大家已有两三批鹭鸟和黑尾鹬飞过去了，还有许多珍贵的候鸟也会出现。

"您可是我们中的一员啊！"我那些可爱的邻居在信中这样写道。今天早晨5点，天刚蒙蒙亮，他们的四轮大马车便载着猎枪、猎狗、食物到山冈下来接我。我们踏上了去阿尔勒的大路，路显得有些干爽，光秃秃的没有生气，在这12月份的清晨，橄榄树刚刚透出一丝淡淡的绿色，胭脂虫栎树的绿色显得有些不自然，与周围的环境极不协调，更突出了冬季时令。马厩里的牲口已开始动起来了。在天大亮之前醒来的农户将灯点燃，灯光映亮了窗户。在蒙特玛茹修道院的残石碎瓦处，几只睡意颇浓的白尾海鸥在废墟上拍打着翅膀。然而，这一路上，我们已经碰到好几个老农妇，她们沿着路沟，赶着小毛驴去集市。她们从维尔德堡来，要走六法里，就为在圣特洛菲姆教堂的台阶上坐上一小时，将她们在山上采集的一束

---

[1] 本文最初分别发表于1873年6月24日和7月8日的《公益报》上。——原注
[2] 指阿维尼翁城堡的乡村别墅，一座巨大的路易十四式建筑，位于卡马尔格腹地的一片绿洲里。——原注

束草药卖出去……

现在我们来到阿尔勒城墙边,这城墙低矮,筑有雉堞,就像旧版画上所画的一样,画面上的士兵手持长矛,站在比他们还矮的斜坡上。我们疾驰着穿过这座美丽的小城,它是法国最秀丽的城市之一,楼房上的圆形雕花阳台一直突出到狭窄的小街的中央,宛如阿拉伯式的遮窗格栅。古老的黑房子,屋门矮小。城里有摩尔式的房子,有尖顶的房子,还有低矮的房子,置身其中,又把你带回到短鼻子纪尧姆①时代,仿佛时光倒流到撒拉逊②的年代。在这大清早,街面上空无一人,唯有罗讷河的码头上熙熙攘攘,热闹非凡。停经卡马尔格的汽船在码头边上已点燃了蒸汽机,准备开船。身穿棕红色粗呢上衣的农庄主们,外出打短工的拉罗盖特地区的姑娘们和我们一起登上了甲板,他们之间谈笑风生,可真热闹。姑娘们那棕色的长斗篷被晨风吹得贴在身上,头上高耸的阿尔勒式的发型将这张脸打扮得娇小、漂亮,露出一副挑逗人的媚态,身子想再拔高一点,将她们的欢声笑语或调皮劲抛得更远……钟声响了,我们的船开了。在罗讷河上顺水而下,船的蒸汽动力,再加上呼呼的北风,船飞速行进,两岸的景致一掠而过。河这边是干旱、多石的克罗平原,另一边就是卡马尔格,满目翠绿,青草茂盛。草原和芦苇丛生的沼泽地一直延伸到海边。

汽船不时停在位于左岸或右岸的浮船码头边,在"帝国"或"王国"停下来,这是中世纪阿尔勒王国时代对左右两岸的称谓,如今罗讷河上的老水手们依然这样称呼左右岸。每个浮船码头附近都有一座白色的农庄,一片小树林。男人们带着工具下了船,女人

---

① 短鼻子纪尧姆(755—812),查理大帝统治时期任远征西班牙统帅。
② 撒拉逊,中世纪时,西方人对穆斯林的称呼。

们手里挎着篮子，径直走上登岸的跳板。有在"帝国"下船的，也有在"王国"下船的，汽船上的乘客都逐渐上了岸，到了我们要去的吉罗农舍码头时，船上几乎已没有乘客了。

吉罗农舍是巴尔邦丹领主一家的旧农庄，我们走进农庄等着猎场看护员，他应该到这儿来接我们。在宽敞明亮的厨房里，农庄里所有的男劳力，像农夫、葡萄种植工、牧羊人、小牧童等正围着饭桌慢慢地吃饭，他们个个表情严肃，一声不响，女人们为他们忙前忙后，她们要等男人们吃完饭后才用餐。过了一会儿，看护员来了，还推着一辆带篷的小车。真是个典型的菲里摩尔[①]小说中刻画的人物，是个水陆两栖的打猎好手，为渔场和猎场当看护员，当地人称他为"游荡者"。因为无论在晨雾中还是在暮霭里，人们总能见他藏在芦苇丛中窥伺猎物或一动不动地守在小船里，两眼死盯着放在池塘或渠沟里的捕鱼篓。大概正是干上猎手这一行，他才变得这么沉默，做事这么全神贯注。然而，当他推着装有猎枪和篮子的小车走在路上时，却不停地向我们介绍有关打猎的知识，候鸟经过的群数以及它们落脚的地区。聊着聊着，我们便进到这一地区的腹地。

越过片片农田之后，我们已来到卡马尔格的荒野上。在一望无际的大草场上，点缀着沼泽地和道道水渠，水面在盐角草丛中泛着白光。一片片柽柳和一丛丛芦苇形成一座岛屿，仿佛矗立在平静的海面上。整个荒野上没有一棵高大的树，广袤的平原那单调的风貌也因此未受到影响。远处，座座牲畜棚伸展着它们那低矮的棚顶，低得几乎贴在地面上。羊群四散开来，有的卧在盐滩地上的杂草丛中；有的围着身穿棕红色斗篷的牧羊人转来转去；羊群非但未割断

---

① 菲里摩尔(1789—1851)，美国小说家。

这整齐划一的天际线，反而在这广袤无尽的空间和露天的衬托下显得更加渺小。人在这荒野之中仿佛置身于浩瀚的大海上，尽管海中波涛汹涌，但景色却依然十分单调，心头不禁生出一丝孤独感，一丝摸不到边际的荒凉感。肆虐的北风无遮无拦地刮过来更加深了这种感觉，而这强劲的北风似乎要把这平原吹得更平，将这景致吹得更阔。万物都被这北风吹弯了腰。即使最矮小的灌木丛也挂着被风吹掠过的痕迹，它们的枝干弯曲着向南倒伏，摆出一副总要向南逃遁的姿势……

二　茅屋

　　用芦苇搭顶，干黄的芦秆架墙的芦苇小屋就是茅屋，是我们打猎碰头的地方。这是一座典型的卡马尔格式的房子，只有一个房间，高大、宽敞，没有窗户，白天靠一个玻璃门采光，晚上关上门后，用整块遮板挡住。高大的墙面用石灰粗粗地刷上一层白，沿墙搭了许多架子，用来放猎枪、猎袋和长筒雨靴。屋里面，一根名副其实的桅杆栽在地上，一直伸向屋顶，为茅屋做支撑，围着这根桅杆架起了五六张吊床。夜里，当北风呼啸，整个茅屋到处噼啪作响时，海风将远处大海的波涛声送到我耳边，而且一阵紧似一阵，大家觉得似乎睡在一艘船的船舱里。

　　但是到了下午，这茅屋变得尤为迷人。在南方冬季晴朗的日子里，我倒愿意独自一人守在壁炉旁，炉子里烧上几块柽柳根，在阵阵北风或西北风的肆虐下，门在颤动，芦苇在呼啸，所有这些震颤不过是我周围大自然那天摇地动之势的回响。冬日的阳光被强风吹打得七零八落，四散开来，阳光聚合到一起后，又撒向大地。片片云朵在碧蓝的天空下疾驰而去。阳光时隐时现，各种嘈杂声也时起时落。突然从远处传来羊群的铃铛声，接着便在风中无声无息地消失了，后来又从震颤的门缝处传来那动听的叮当声……最美妙的时刻还是黄昏时分，猎人们尚未返回。这时风停了。我来到茅屋外。那火红的夕阳悄然西下，也带走了最后的那丝热气。夜幕降临了，黑夜用它那漆黑潮湿的翅膀从你身边掠过。远方，猎枪贴地面射出的子弹之光，带着火星划破夜空，在周围黑暗环境的衬托下显得分外明亮。在这日色将尽的时刻，各种生灵都在忙碌着。一队排成人字形的野鸭飞得很低，似乎想落地栖息，突然茅屋燃起了灯，把它们惊走了。领头鸭挺直脖颈，向高处飞去，其余的野鸭紧随其后，一边嘎嘎地叫着，一边飞向高空。

此后不久，一阵轰隆隆的脚步声渐渐靠近茅屋，听起来像哗哗的落雨声。数千只绵羊在牧羊人的呼唤下，在喘着粗气、忙乱奔跑的牧羊犬的驱赶下，拥挤着向羊圈拥去，露出既害怕又桀骜不驯的样子。我周围拥满了绵羊，它们在我身边冲来撞去，我完全湮没在这卷曲的羊毛和咩咩的叫声所形成的旋涡之中：这真是一个由羊群所构成的浪潮，牧羊人及他们的身影都被这蹦蹦跳跳的浪峰拥向前方……羊群过后，便传来熟悉的脚步声，传来欢悦的谈笑声。茅屋里一下拥满了人，变得异常热闹，到处是欢声笑语。野草蔓枝燃着灼热的火焰。大家越劳累，笑得就越欢畅。这是舒心的劳作之后一种精神上的放松，猎枪堆在屋角里，长筒靴胡乱地摆在地上，猎袋已被倒空，旁边堆着各种羽色的飞禽，有棕红色的，金黄色的，绿色的，银白色的，羽毛上都沾着斑斑血迹。饭桌已摆好了，鳝鱼汤冒着香喷喷的热气，这时，大家便沉默不语了，只顾狼吞虎咽地吃饭，唯有猎狗发出的低沉而凶恶的吠声不时打破沉闷的气氛，那些猎狗在门前摸索着舔食盘中食物……

晚上闲聊的时间非常短暂。壁炉中的柴火忽闪忽闪地快灭了，只有我和看护员还守在火边。我们闲聊着，其实就是不时向对方甩出只言片语，像乡下人那样，所用的词句几乎和印第安人的相似，既简短又很快没了下文，就像那燃尽的蔓枝中最后的火星似的。最后，看护员也站起身来，点燃了灯笼，他那沉重的脚步声消失在浓浓的黑夜之中……

三 盼望（伺守）

盼望！用这个词来表达将自己埋伏起来的猎手在窥伺、在守候时的心情真是太妙了，在那犹豫不决的时刻，一切都在日夜之间等待着，盼望着，踌躇着。猎手们有在日出之前窥伺猎物的，也有在日暮时分伺守猎物的。我更喜欢这后一种时刻，尤其是在沼泽地里，池塘的水面到很晚都会有光亮……

有时，猎人伏在小划艇上伺守猎物。这是一种极小的船，没有龙骨，船身狭窄，轻轻一动，船就向前滑行。猎人躲藏在芦苇丛中，从小船深处窥伺着野鸭，露出船舷的只有帽檐、枪筒和猎狗的脑袋，猎狗嗅着风，扑打着蚊虫，或伸出粗大的爪子，将船压得向一侧倾斜，结果，将船灌满了水。这种方式的伺守对我这个新手而言真是太复杂了。

因此，我常常步行去伺守猎物，脚上穿着用整块皮子做的长筒靴在沼泽地里蹚着水。我慢慢地、小心翼翼地走着，生怕陷入泥潭之中。我拨开充满咸味的芦苇，惊得芦苇丛中的青蛙纷纷逃走了……

最终，我来到一座长满柽柳的小岛，这是一小片干地，我落下脚来。看护员为了让我更像个名副其实的猎人，特意把猎狗留给我，这是一条比利牛斯产的大狗，身披白色的长毛，是打猎、捕鱼的好帮手，可它在我身边那副样子，还真让我有点害怕。当一只黑水鸡步入我的射程之内时，它拿出一副嘲讽的样子看着我，像艺术家那样向后甩了甩头，将遮住双眼的松软的大耳朵甩在脑后，接着猛然立起来，晃动着尾巴，做出一系列耐不住性子的滑稽的举动，似乎在对我说：

"开枪……开枪呀！"

我开了一枪，但却没打中。于是，它伸展全身，深深地打着哈欠，带着疲倦、失望和傲慢的神态伸着懒腰……

哎！是的，我也有同感，我真不是个好猎手。伺守对我而言就是看着时光在流逝；看着光线在减弱，直到落入水中；看着池塘在闪烁，将灰暗的天空映成银白色。我喜欢这水泊的气味，喜欢芦苇丛中昆虫那神奇的窸窣响声。从远处不时传来凄厉的叫声，像海螺号声直刺夜空。原来是苍鹭将它那捕鱼用的尖嘴探入水中，然后呼呼地吹着气……呼噜噜！鹤群从我头顶上飞过。我听到了羽毛的摩擦声，听见了寒风吹拂羽绒的声音，甚至听到疲劳的小羽骨的噼啪声。随后，便一点声音也没有了。只有黑夜，深沉的黑夜，唯有水面上还有一丝光……

突然，我打了个寒战，一种烦躁不安的感觉涌上心头，仿佛有人站在我身后。我转过身，看到了月亮，看到了这位美好夜色的伴侣，一轮皓月正冉冉升起；最初能明显看出月亮在上升，随着它渐渐远离天际，上升的速度便显得慢了下来。

第一缕月光已清晰地照在我身边，另一缕明亮的月光照在稍远的地方……现在，整个沼泽地都被月光照亮了。即使一束小草也被照出影子来。伺守只得结束了，我们在各种禽鸟的眼底下暴露无遗，必须得回去了。大家在轻柔的蓝色月光以及飞舞的尘埃的陪伴下往回走。我们迈进沟渠及水洼中的每一步都搅动了繁星投在水中的倒影，搅动了直射水底的月光。

四　红党和白党①

就在我们附近，距我们的茅屋只有猎枪射程之遥的地方，还有一间外观相似的茅屋，但更具乡土气息。我们的猎场看护员和他妻子及两个大孩子就住在那儿。大女儿为男人们做饭，补渔网；儿子则帮助父亲收鱼篓，看管水塘闸门。另外两个年幼的孩子放在阿尔勒的奶奶家，他们在那儿要一直住到学会读书，还要领过初圣体，因为这儿离学校和教堂都很远，况且卡马尔格的气候对小孩也不适宜。当夏季来临时，沼泽地一旦干涸，水洼里的白淤泥就会被烈日烤得龟裂开来，这时，小岛就真的无法居住了。

在8月份，我来这里打野鸭时，曾亲眼目睹过一次这种景象，那种举目一片焦枯的凄凉景象惨不忍睹，使我永生难以忘怀。一处又一处的池塘在烈日炎炎下热气蒸腾，宛如巨大的酿酒槽，只有池底还有一丝生命仍在垂死挣扎，一群群蜥蜴、蜘蛛、水蝇乱蹿乱动，拼命寻找潮湿的地方。空中弥漫着病疫的浊气，似浓雾一样在沼泽地里飘来荡去，数不清的团团飞舞的蚊虫使这浊气显得更滞重。在看护员家里，全家人都在打摆子，发高烧。看着他们个个面黄肌瘦、眼圈发黑、眼窝深陷的样子真让人难过。这些可怜的人像苦劳役一样要在这无情的烈日下熬上三个月，烈日炙热了发烧病人的肌肤，但他们依然感到很冷……卡马尔格猎场看护员的生活是多么凄惨、多么艰辛啊！况且，他身边还有妻子和孩子呢。但在离这儿两法里的沼泽地里，住着一位牧马人，他一年到头独自一人身

---

① 红党，指共和党；白党，指保皇党。

居沼泽,过着地地道道的鲁滨逊式的生活。芦苇茅屋是他亲手盖起来的,屋里的所有家什都是他自己动手制作或搭建的:柳条编的吊床,用三块黑石头搭的炉灶,柽柳根削成的凳子,就连这间不同寻常的小屋所用的锁和白木钥匙都是他自己做的。

此人至少和他那茅屋一样古怪。像所有离群索居者一样,他是那种沉默寡言的哲人式的人物,在纷乱浓密的眉毛下隐藏着农民常有的戒心。他不去放牧时,便坐在自家门口,拿着一本小册子,慢悠悠地读着,那种幼稚的认真劲儿真让人感动,那几本小册子用粉色、蓝色和黄色装帧,放在给马治病的药瓶旁。读书成了这个可怜的怪人的最大乐趣,除此之外,他没有别的爱好,而且他手里就只有这么几本书。尽管他的住所与我们的茅屋相距不远,但他和我们这位猎场看护员不相往来,甚至互相躲着走。一天我问这位"游荡者"为何反感对方,他板着脸对我说:

"那是因为我们政见不同,他是红党,而我呢,是白党。"

这样,在这茫茫荒野之中,孤独的生活本应把他们聚拢在一起,但这两个野蛮人既无知又幼稚,谁也比对方强不了多少。这两位如同泰奥克里特[①]刻画的放牛郎,一年之内也就进一次城,进了阿尔勒的小咖啡馆,吃了点心和冰淇淋就如同进了托勒密[②]宫似的,竟然会因政见不同而相互憎恨起来!

五 瓦卡莱斯湖

卡马尔格最美的地方当属瓦卡莱斯湖。我常常放弃打猎,来到

---

① 泰奥克里特(前315—前250),古希腊诗人。
② 托勒密,公元前323至前30年间统治埃及的十五位马其顿王的统称,在此期间,许多著名的庙宇得以扩大。

这咸水湖边席地而坐，这湖水似乎是从大海里分出来的小海，被囚禁在这陆地之内，然而它早已对遭囚禁的意境习以为常了。通常沿海一带因缺水、干旱，景色显得异常凄凉，但瓦卡莱斯湖却是另一番景致，在那略高的湖岸上长着细嫩的绿草，像茸茸的绿毯一样，呈现出一个独特而又迷人的植物世界：有矢车菊、睡菜、龙胆草，还有美丽的冬蓝夏红的匙叶草，它随着气候的变化而变换颜色，一年四季各种花草争奇斗艳，用它们的不同色调装扮着每一季节。

晚上5点左右，正是夕阳西下的时刻，在这三法里宽阔的湖面上没有一条船，没有一张帆来截断或改变这水天一片的景致，真是令人叹为观止。这里与沼泽地里水洼和沟渠那内在的美截然不同。在沼泽地里，水洼在石灰岩土地的褶皱之间时隐时现，水在地下向各处渗透，即使碰到很浅的洼地，水也会露出来。但瓦卡莱斯湖却给人以浩瀚辽阔的印象。

从远处望去，这波光粼粼的湖面吸引了成群的水鸟：有海番鸭，鹭鸟，苍鹭；有白腹粉翅的红鹳，它们成群结队沿着湖边捕食，用五颜六色的羽毛将湖岸装点成一条彩带；还有白鹮，真正的埃及白鹮，悠闲地享受着这里明媚的阳光和幽静的湖光水色，宛如在自己的故乡一样自在。其实在我所处的地方，只能听到汩汩的水声和牧人召唤跑到湖边的群马的喊声。每匹马都有一个响亮的名字："西菲尔！"……"艾斯特罗！"……"艾斯杜尔奈罗！"①……每一匹马听到自己的名字时，便飞奔过来，头上的鬃毛迎风飘着，将牧马人手中的燕麦吞下肚去。

在更远的地方，依然是在这同一岸边，一大群牛像马那样自

---

① 这几个称呼均为普罗旺斯语：西菲尔意为魔王；艾斯特罗意为星星；艾斯杜尔奈罗意为椋鸟。

由自在地吃着草。越过一丛柽柳的树冠，我不时能看见那群牛的脊背和头上扬起的月牙形的牛角。在卡马尔格牧养的这些牛大部分是乡村在庆祝火印节时用来赛跑的。其中几头牛已在普罗旺斯和朗格多克地区的赛场上颇有名气。在附近的牛群里就有一头凶猛的"斗士"，名叫"古罗马人"，它在阿尔勒、尼姆、达拉斯贡等地的赛场上不知挑破了多少人的肚皮，撞倒了多少匹骏马。因此它的伙伴们拥它为首领，这些奇特的种群都在自我管理，它们如众星捧月般地围着一头老公牛转，视它为头牛。当飓风袭击卡马尔格时，那风势在这大草原上肆虐横行，极为恐怖，没有任何力量能扭转它、阻止它，只见牛群紧紧地挤在一起，拥在头牛身后，顶着风，低着头，将它们的力量凝聚起来，形成宽大的锋面。我们普罗旺斯的牧羊人将牛群的这一举动称为"牛角顶狂风"。尚未适应这环境的牛可就惨了！雨水打得它们睁不开双眼，暴风把它们吹来吹去，溃乱的牛群在原地打转转，惊恐不安地四处逃窜。有些牛已发起疯来，为躲避暴风雨，拼命向前狂奔，结果有的栽进了罗讷河，有的跌入瓦卡莱斯湖，有的则葬身于大海。

怀念军营①

今天早晨，当晨光熹微时，一阵可怕的鼓声将我猛然惊醒……咚隆隆！咚隆隆！……

这么早就有人在我的松树林里敲鼓！这可真是奇怪。

快！快！我一翻身跳下床，跑去将门打开。

外面一个人也没有！鼓声也停了……两三只杓鹬拍打着翅膀，从湿漉漉的野葡萄丛中飞出来……微风在树林里低声吟唱……在东方，阿尔卑斯山的山脊笼罩在一片金色的晨雾之中，一轮红日正从那山脊处冉冉升起……第一缕阳光已掠过磨坊的屋顶。与此同时，这只不见鼓手的鼓又在田野里神秘地响起来……咚隆隆！……咚隆隆！

这魔鬼是不是驴皮公主呀！我还真把她给忘了，可这究竟是哪方山野之士一大清早就在密林深处以鼓声来迎接黎明呢？……我左瞧瞧，右看看，可什么也看不见……只看见那一簇簇薰衣草和一直向下延伸到路边的松树林……也许有个调皮的小精灵藏在那茂密的丛林里耍弄我……大概是爱丽儿，或者是迫克师傅②，这个调皮鬼从我门前经过时准会寻思着：

---

① 本文最初发表于1866年9月7日《事件报》上。——原注
② 爱丽儿，莎士比亚《暴风雨》中的缥缈的精灵；迫克，日耳曼传说中的鬼精灵，莎士比亚将其写入《仲夏夜之梦》。

"这个巴黎人住在这里边也太清净了,咱们给他奏一段晨曲吧!"

想到这儿,他抄起一面大鼓就咚咚地敲起来。咚隆隆!……咚隆隆!……快住手吧,迫克,你这个坏蛋,你把我的知了都吵醒了。

可这不是迫克。

他是古盖·弗朗索瓦,绰号叫"手枪",是三十一军团的鼓手,现在正休年假。他回到故乡感到无所事事,很烦闷,于是便又怀念起部队来。有人愿意把镇上的鼓借给他,他便挎上战鼓,闷闷不乐地到树林里去敲,心里却依然想着在欧仁亲王营房里的生活。

今天,他到我这翠绿的小山冈上来怀念他的军营生活……他站在那儿,背靠着一棵青松,用双腿夹着鼓,尽情地敲着,自我陶醉了……一群受惊吓的小山鹑从他脚下猛地飞走了,他竟全然不知。他身边的百里香草散发出浓郁的芳香,可他却丝毫未闻到。

那细细的蜘蛛网在阳光下,在树枝间颤动,他没看见;松枝在他的鼓上跳跃,他也没看见。他完全沉浸在梦想和鼓乐声中。他动情地看着手中的鼓槌上下挥舞,每一阵鼓声都会让他那稚气十足的胖脸上露出欢悦的笑容。

咚隆隆!咚隆隆!……

"那座大军营可真漂亮,院子里铺着宽大的石板,一排排的窗户整齐有序,士兵们头戴警帽,低矮的拱廊下会传来噼啪的饭盒声!……"

咚隆隆!咚隆隆!……

"啊!那在脚下咚咚作响的楼梯,用石灰刷白的走廊,那香馥馥的寝室,擦得锃亮的腰带,还有面包板,鞋油罐,铺着灰色被褥的铁床,在枪架上闪闪发亮的步枪!"

咚隆隆!咚隆隆!……

怀念军营

"啊！在警卫队的那些好日子真让人留恋，扑克牌不离手，那戴着羽毛饰的黑桃皇后可真丑，那残缺不全而又破旧的皮戈-勒布伦①的书胡乱地丢在军床上！……"

咚隆隆！咚隆隆！……

"噢！为部长们站岗的那黑夜可真漫长，那破岗亭连雨都挡不住，那双脚冻得真是冰凉呀！一辆辆奔赴盛会的马车从你身边经过时，将泥浆都溅在你身上！……哎！还有那额外的杂役，被关禁闭的日子，臭烘烘的小马桶，木板做的枕头；阴雨绵绵的早晨那冷酷的起床号，汽灯点燃时在雾霭中回荡着的归营号，还有让你跑得气喘吁吁的晚间集合号！"

咚隆隆！咚隆隆！……

"啊！樊尚森林，粗大的白棉手套，漫步于旧城墙上的时光……啊！军校的栅栏门，士兵们心中的姑娘，进战神沙龙的门路，低级咖啡馆里的苦艾酒，打嗝时吐露的隐情，拔出鞘的短马刀，还有那情意绵绵的浪漫曲，唱的时候将手放在胸口上！……"

梦吧，梦吧，可怜的家伙！我是不会阻拦你的……大胆地抡起胳膊去敲吧。我可无权嘲笑你。

你怀念你的军营，那么我呢，难道我就不怀念我的军营吗？

同你一样，我那巴黎的倩影一直追随我到这里。你在松林里咚咚敲鼓，而我呢，却要在这里写出一篇篇稿子……啊！我们都是善良的普罗旺斯人。在巴黎的军营里，我们思念那青翠的阿尔卑斯山，怀念那薰衣草的野香。而现在，在这普罗旺斯的腹地，我们却又怀念起营房来，一切能让我们回忆起军旅生活的东西都显得那么亲切！……

---

① 皮戈-勒布伦（1753—1835），法国作家。

8点整的报时声从村子里传过来,他踏上了返村之路,但手里却依然不停地敲着……他穿过树林,向山下走去,可那鼓却依然咚咚地响着……而我呢,这时躺在草丛之中,也害起了怀乡病,觉得在这渐渐远去的鼓声中,我那巴黎仿佛正从松树林里跃出,展现在我眼前……
　　啊!巴黎……巴黎!……挥之不去的巴黎!

出 品 人：许　永
出版统筹：林园林
责任编辑：许宗华
特邀编辑：王佳丽
封面设计：海　云
印制总监：蒋　波
发行总监：田峰峥

投稿信箱：cmsdbj@163.com
发　　行：北京创美汇品图书有限公司
发行热线：010-59799930

创美工厂官方微博　　创美工厂微信公众号